你期待的
美好
在路上

张苡弦

作品

北京联合出版公司
Beijing United Publishing Co.,Ltd.

人助旅行

For all the beautiful souls

遇见美丽的

你只会高兴一下下

然后很快就忘记了

遇见美好的

你会高兴好久好久

然后在很久很久以后想起来

还是会好高兴

感谢生命中美好的一切

/ 布拉格河边 /

/ 我的旅行 / 横跨地球 /

/ 以世界为背景 /

/ 夕阳下柯尔邱拉岛的海边 /

/ 旅途中飞机外的朝阳 /

目　　录

Chapter01 / 启程：到别人的生命里寻找答案

CONTENTS

Chapter03 / 世界奇妙物语

Chapter04 / 交错人生的沉淀

以世界为背景

/ 王云菲 /

知名主持人、作家

这本书，记录着一个女孩如何通过旅行成长。

与其说，这是旅游文学，不如说这是一本成长文学更恰当。只是这个女孩的成长历程恰好横跨地球，以世界为背景。

苡弦旅行的特色在于，她用她的真诚、好奇心和张开双臂拥抱世界的态度，去感动她所认识的新朋友；而这些各国人物以及与他们共享的体验则变成催化剂，启发她内在的成长。

与许多不敢跨出框架的人不同，苡弦不带任何先入为主的成见，而是带着热忱和勇气与各种不同文化背景、不同国籍的新朋友交流。让我感受最深的是，这些故事充满着深刻的人情味，而浓郁的人情味正是中国台湾文化最让人动容的特色。因此，我觉得这是她这本书的特色之一，她带着她灵魂里的台湾人情味到世界各地作交换，让她的灵魂里添加了一抹抹其他文化的个性色彩。

异国故事永远吸引人，这份吸引力是双面的，看的人一边被异国文化的不同之处吸引，另一边被所有人类共享、相同的人性吸引。

读苡弦的故事，或许刚开始专注的是她故事中出现的各种文化、各种国籍背景的新奇，但越读下去，你将会被吸引进去，对她的心路成长历程投入越多的感情。

在这本书里，也有许多非常实用的建议，让也想通过文化交流成长的读者，可以经由她的亲身体会与分享，去创造如此拓展自己成长的旅程。

她的确在这些历程中，深刻地加深国际观、拓展视野。但是对她来说，这些词语不是空洞华丽的描述，而是通过一段段深切又亲密的故事，一针针缝出来的织锦图。

走出开阔胸襟和美丽灵魂

/ 黄锦敦 /

心理咨询师、作家

　　拿到书稿，翻开书页，我的眼睛就亮了起来，苡弦的文字和我心中的鼓咚咚咚地共振着。

　　当我读到苡弦第一次学会滑雪，就执拗地报名捷克边境的长程越野活动，她一路跌跌撞撞至半夜，在黑暗中砥砺自己："深呼吸，相信自己，我相信我的身体，会带我去该去的地方。"她说："这场探险，让我在星空下体会到全世界只剩下我自己的安静。"我跟随她的脚步，胸口澎湃。这就是旅行，让人试炼自己，而窥见另一个世界。

　　当我读到苡弦和克罗地亚的朋友把墓园当景点，在墓地里听她的朋友说："我很喜欢墓园，我觉得那是一个充满很多爱与回忆的地方，而且很适合思考人生……既然到头来都是这样，那到底什么是重要的呢？"我听到这样的话语，就频频点头。这就是旅行，让人安静地思考、活得清澈。

当我读到苡弦在斯洛伐克看到一位年轻人如何爱自己的家乡，她说："Janko 让我看到，原来一个爱自己土地的人才是最有魅力的人……我看见爱台湾的另一种可能，重新爱上自己的土地，挖掘曾经被我弃如敝屣的美丽过去，我要成为最了解自己、最特别的那个人。"我就会心地微笑，我也曾因离家，心灵才真正地回家。这就是旅行，通过身体的极大移动，造就心理的深刻探索。

　　旅行，是最立体的学习飨宴，只要你愿意带着自己启程，就能吸取那层次分明、滋味肥美的养分。最后，我用书里曾引述的一首短诗作结。

　　"森林里分出了两条小径，而我，选择了人烟罕至的那条，这让我的人生从此不同。"对我来说，"人助旅行"可以陪着我们走入深邃小径，让我们的人生从此不同。

为什么去远方？

　　你一定听过"台湾最美丽的风景是人"这句话。不过，在我走过了二十多个国家，认识了来自世界各地的朋友后，我知道，不管在世界的哪个角落，最美丽的风景，都是人。

　　一个朋友曾经跟我分享过自助旅行回来的空虚感，她有一个很贴切的形容，她说大部分的旅行，都像是包着一层保鲜膜进行！纵使去过了那么有名的景点，参观了那些必去的展览馆，也一一造访了旅游书上推荐的餐厅，还买了最具当地特色的纪念品，但还是很像被关在笼子里、不断移动的动物。她很疑惑，为什么都已经大老远地来到这个国家了，却还是有一个怎么样都走不进的世界？而且不只是旅行，即使是长期在当地求学或工作的朋友，不少也有这种走不进去的困扰。

　　我也曾听朋友说，他们花了两三个月的时间在世界各地旅行，但是没想到，旅途中最难忘的，却是和当地人相处的片段，因为有了这些时刻，让他们的旅行与众不同！这些时刻，可能只是一次偶然，在码头和当地人长达一个小时的攀谈；或是因为当地人的推荐，发现了意想不到的风景；甚至是受到当地人的邀请，到家里一起煮饭、用餐……这些时刻，最后居然都成了他们旅行中最精彩的亮点，甚至是让他们产生自我与世界对话的起点！

原来，"当地人"就是帮我们划破保鲜膜的那一把刀！

我在分享的时候，常常会问一个问题：

"想象你到法国旅行，最后一天的行程你安排去参观凡尔赛宫。吃午餐的时候，遇到一个法国人，你们相谈甚欢，评估后，觉得他是一个能信任的对象。这时候，他告诉你，他刚好要去参加一个朋友的婚礼，邀你一同前往。可是如果去了婚礼，你就没有办法去参观凡尔赛宫了。这时候，你会怎么决定呢？"

结果，大概有九成九以上的朋友都表示，他们宁愿舍弃凡尔赛宫的行程，去参加当地人的婚礼！

既然大家都这么想划破保鲜膜，走进当地人的生活，那么，要怎么样让这些"当地人时刻"可以不断发生呢？又或者，更贪心一点，要怎样才能让"当地人"直接变成我们旅行的一部分呢？我认为，这种对于独特且深刻旅行的向往和走进异文化世界的渴求，让旅行进化到了一个全新的纪元。

随着信息技术的跃进与交通的发达，旅行有了许多不一样的可能。我把现代旅行的演化，分成四个阶段：

✈ 旅行 1.0 旅行社跟团时代

早期交通和网络都不发达，对外的资讯掌握在少数人手里，一般人若是想要旅行，还是得通过旅行社代办，跟着制定好的行程走，费用也较高。

✈ 旅行 2.0 "机+酒"自由行时代

当旅行者不再满足于跟着导游在各大景点拉车旅行时，就出现了自由行。这个时期的网络资讯、交通以及民宿系统都还不成熟，所以还是得将旅行中住宿、交通的功能外包给旅行社，自己规划行程，多了点儿自由。

✈ 旅行 3.0 背包客自助旅行时代

当网络通信和交通科技越来越完善，旅行的成本越来越低，这时旅行已经不再是少数人才能持有的奢侈品，自助旅行的背包客也就顺势而生。一个又一个渴望自由、不愿被束缚的灵魂，搭着全球化的顺风车，机动地在世界各地或快或慢地随兴穿梭，用步伐和各种交通工具丈量城市与荒野。

✈ 旅行 4.0 人助旅行时代

然而，身为人类，我们仍然想找到自身与世界的深刻联结，我们想要走进那个未知的世界里。但是，不管是跟团旅行、自由行还是自助旅行，要和不同的文化交流，都会面临比较高的心理恐惧和技术障碍；即使是自由度大的自助旅行，如果是不断地跨城市移动、没有办法在一个地方久留，还是很难体验到当地人的生活。不过，在"人助旅行时代"，各种程度的文化交流密切而频繁，我们有廉价航空和社交网络，分享与交换经济（sharing economic）的概念渐渐取代了购买与消费，许多旅人以共享、共利、合作的方式成立了各式各样的社群，如沙发冲浪 （Couch Surfing）。在天时地利人和的条件下，在旅行中体验当地文化、结识当地人、和当地人一起生活变得越来越简单。

　　我没有环游世界的大梦，毫无遨游万里的豪情壮志，也不会常常有"需要出走"的念头，更没有染上"无可救药的旅行瘾"，但在这几年，我却走得比想的还要远，这一切，都是源自于对"人"的好奇。

　　先认识了一个朋友，在日常相处中发现彼此的异同，进而产生对对方文化的好奇，然后再从他们口中，拼凑出他们国家的样貌；通过与这些来自不同国家的人互动往来，了解这世界的关系，了解自己的国家，了解自己。

　　人跟人之间真实而美好的互动、走进彼此的生活、生命紧密地交织，当地球另一端的某人与我们有这么深刻的联结，地球彼端那块土地发生的事，我们自然也就无法漠视。我想知道是什么样的历史、文化、家庭、教育、政策、民族，养成了和我这么不同又这么相似的个体；又是什么因缘让我们相遇？我以亲身经验记录下八年来和世界各地年轻人的对话，一段又一段异国真挚的友谊，把我带往我未曾想象过的国度。我的世界地图，是世界各地的朋友拉着我的手画出来的。

　　没有一次旅行是计划好的出走，也不是一股说走就走的冲动，我只是想去拜访朋友。他们是来中国台湾念书的外国人，是朋友的朋友，是我在布拉格当交换学生时，遇见的来自世界各地的年轻人。我想去看看他们的爸爸妈妈，想看看他们成长的地方、他们的家、他们的学校，想让他们亲自带着我走过他们跟我说过的那些地方。

"请你一定要来我的国家！我有好多东西想要让你亲眼看到！我想要介绍我家人朋友给你认识！"

李欣频说过，每一次旅行，都好像重新投胎一次。我也觉得，因为人助旅行，我好像在一辈子里活了好几辈子。

人助旅行，是对世界与内心的田野调查。我们身兼各种身份在远方探索世界，与人群和自我同步对话。

我们是社会学家，游走穿梭于不同的宗教、种族、阶层、性别、次文化群体，在不同社会结构的发展与演进中，找到自我社会的坐标。

我们是人类学家，通过拿除框架的参与式观察，在人类的生物性与文化性中摇摆。

我们与来自不同脉络的个体对话，成为彼此的心理咨询师，偶然在海上相遇也好，能陪伴彼此走上或长或短的一段路也好，我们都治愈了心灵深处某个原本以为再也解不开的结。只要交换了故事，灵魂的某一部分也就同时交换了。

旅行结束后，我们终将沉淀为哲学家，直视生命的核心，拨开表象世界的迷雾，在本质的问题里日夜思索，甘于自我折磨于这种没有标准答案的不确定感。

最后，我们都会成为自己生命的艺术家。

人助旅行，不只是到世界旅行，也是到别人的生命中旅行，为了走进世界，看见存在每个文化里的灵魂。

为什么要去远方？因为远方有我的朋友。

|For all the beautiful souls

有一天早上醒来，侧耳倾听时，忽然
觉得好像听见远方的大鼓声，从很遥
远的地方，从很遥远的时间，传来那
大鼓的声音，非常微弱。而且在听着
那声音之间，我开始想，无论如何都
要去做一次长长的旅行。

• • •

01

———

chapter

启程：

到别人的生命里寻找答案

一切都是那么的确定

▷ ▷ ▶

那一年，我二十四岁，一切都是那么的确定。

初中懵懵懂懂地念完了，读高中；高中浑浑噩噩地过完了，考大学；大学迷迷糊糊地混完了，申请研究所。这中间绝大多数的时间都是在打瞌睡中度过的，在校的最后两年伴装战战兢兢地思考未来，说是"思考"未来，却好像也没太多能选择的。高中时，家长、老师大力鼓吹的年薪百万科技业，等到我要从大学毕业时，一切已经被金融海啸引发的无薪假取代了。研究所要毕业时，所有要毕业的学生都人心惶惶，新闻媒体大标题地恐吓"毕业即失业"，许多人吓得选择延迟毕业留在学校观望，另外一群人就跳出来指着我们的鼻子大骂，说我们是禁不起考验的草莓族①。

总是这样的，先教会我们恐惧，再嘲笑我们懦弱。

---

①草莓族：出自翁静玉的《办公室物语》一书。现多用来形容1981年后出生的年轻人脆弱，承受不了挫折。

虽然一切看起来是那么的不确定，但是一切又是那么的确定。

哪有什么好思考的？

接下来找工作，稳定为首要，得是听过名字的大公司，最好薪水高、轻松中带点挑战，就跟其他人要的都一样！

但是为什么，我会如此害怕呢？

那种害怕，并非来自不景气的压力，也不是外在的人际束缚，更非面对未知未来的不知所措，而是一种属于青春，最内在、最深沉的恐惧：才刚要毕业的我，怎么好像人生已经走到尽头了？

为什么一切都这么确定，我却这么彷徨？

难道就这样了吗？

中学的早自习，刚扫完地、坐定，睡眼仍惺忪，班导就会准时出现在门边，一句话都不说就一排一排地撒下两份考卷，要我们利用下课时间写，上课才能检讨。

"你们现在会讨厌我，但是长大以后就会感谢我了。"大概看惯了瘪着嘴、不甘不愿的初中生脸孔，他搬出了经典台词。

怎么就没有"你们现在会感谢我，长大以后也会感谢我"这样的选项呢？

高中的周记里，每篇都是对于人生的迷惑，每一句都是没有人能回答的大问题：我是谁？我为什么在这里？我在做什么？到底为什么要一直念书、一直考试？为什么每一件事，我都找不出意义来？

那个年纪的我，隐隐约约感觉这些是很重要的问题。青少年时期自我认同慢慢形成，每个人好像都应该要在这个时候努力长成自己的样子，但是学校和社会的框架却强制把所有人塑造成一模一样，我似乎是唯一在跟自己碰撞、跟这世界碰撞的苏格拉底那般痛苦。当时的我在《伤心咖啡店之歌》里读到了我无法形容的悲哀，转而在周记里发泄,但老师的评语永远是:"好好念书,考上大学就自由了。"大概是某篇周记出现了太偏激的想法,老师终于找我约谈。

"你为什么一定要那么执着于做自己喜欢做的事呢?为什么非得每件事都要找出答案不可呢?老师我念的也不是最喜欢的科系啊。我们在这个游戏里,就是要遵守游戏规则,不是每个人都可以做自己喜欢做的事。"

可是,玩游戏不就是要每个人都开开心心的吗?为什么在这游戏里的每个人都玩得这么痛苦?不只学生痛苦,老师、家长也痛苦,到底这个集体痛苦换来的是什么?

我知道我不是个案,但是令我更不安的是,大家接受也默许这样的剥夺。学习乐趣的剥夺、自我探索的剥夺、独立思考的剥夺……好像除此之外别无他法,这世界就只有这样一种标准答案。

即使上了名校,我仍带着这些没有人可以回答的问题,念完了大学、读完了研究所。同学们觉得我有点怪、有点非主流,但又说不上来是哪里不一样。没有办法循规蹈矩、在团体里如鱼得水,总是不停地在寻找什么。

大学每周的专题演讲,菜鸟心理辅导师被派来做生涯辅导与预防自杀宣导。偌大的演讲厅,心理辅导师的声音怯懦懦地从讲台上传来,制式的投影片一张换过一张,台下签完名的已经走了一半,剩下的睡了一半,另外的四分之一,眼睛盯着讲台,心里想的是学妹、社团,还有等一下下课要吃什么。

我想,生涯辅导啊,在选完大学科系之后,我们都已经过了那个还可以选择的时期了吧?

好不甘心,这么确定。

一定还有不一样的答案!

远方的鼓声

▷ ▷ ▶

有一天早上醒来，侧耳倾听时，忽然觉得好像听见远方的大鼓声，从很遥远的地方，从很遥远的时间，传来那大鼓的声音，非常微弱。而且在听着那声音之间，我开始想，无论如何都要去做一次长长的旅行。

——村上春树《远方的鼓声》

我想，如果卡夫卡有一天早上醒来也听见了这来自远方的鼓声，他就不会变成一条虫了吧！

咚——咚——咚

咚——咚——咚

有一天早上醒来，就在我快要变成一条虫之前，我听见了这样的声音。

躺在宿舍的上铺，脑海中浮现过去认识的外国朋友的脸庞。

来自东北的高挑姑娘丹丹，据说是全校的偶像，各项表现都拔

|For all the beautiful souls

尖。她是我认识的第一个大陆人，来台湾当交换学生，认识她之前，听了太多大陆学生在残酷竞争力下的拼搏（尤其是东北地区）。于是跟她聊天，我总是忍不住想要从她口中套话，想找出各种蛛丝马迹来满足我对大陆学生的刻板印象。我巴巴地等着她说出她是多么不得己才必须这么努力念书，即使来到台湾当交换学生，还是一刻都不能松懈，每天往图书馆跑，把自己刻在大部书里。我甚至还想象在她的家乡，她是家里唯一的希望，全家都要靠她脱贫。

"不是，小弦，你不懂！我热爱法律！我热爱学习！"读法律的她，这么坚定、这么快乐地说着！

之后我才发现，她还热爱Hello Kitty、热爱日本少女杂志。

咚——咚——咚

咚——咚——咚

几个来自越南的学生邀我去他们宿舍，我们把报纸铺在地上，就地包起了越南春卷当晚餐，他们热情地跟我解释越式酸辣酱的调配，兴奋地说着要去哪儿才能买到最地道的食材。他们是两对情侣，四个人一起申请来台湾念研究所，有一对甚至来台之前就已经结婚了！打算毕业之后留在台湾找工作定居。

我说，我想念那底下有着一层甜白炼乳的越式咖啡，他们立即拿出了摆在柜子里的滴漏壶，为我泡起了咖啡。

"炼乳这样够了吗？"他们一边倒一边问。

"不够、不够，再多一点！"他们为了这个嗜吃炼乳的台湾女孩笑到不行！

咚——咚——咚

咚——咚——咚

来自伯利兹的黝黑男孩，说他来台湾才第一次见到车水马龙与高楼大厦，初见时心里异常澎湃。当他播放伯利兹的影片时，毫不掩饰地让 homesick（思乡）的眼泪流下。

"不好意思，让你花了七分钟看我们国家的影片。"他过分谦卑地道歉。

"你们国家这么美，七分钟一点都看不够！"我心想，有天我也要闯一闯影片中的那片雨林。

"你人真好。你喜欢跟外国人交流吗？"

"我喜欢跟你聊天，不是因为你是外国人，而是因为你是你。"

他笑了，跟我分享了更多故国故土的种种：

"我家后院就是一个玛雅文化遗址，我天天在上面爬上爬下的。还有还有，你知道吗？有一次我在家里煮饭，突然有一头豹子不疾不徐地闯了进来，我吓得冲出家门，过了一会儿才回来，豹子已经走了，我就继续煮饭。"

哇！伯利兹到底是什么样的一个国家啊！

咚——咚——咚
咚——咚——咚

来自美国的乡村男孩 Chris，纯朴、友善、大方，和电视上看到的美国人都不一样。住在伊利诺伊州，但是，离家数小时远的芝加哥大城一次都没去过，却已经来台湾三次。

"台湾到底有什么吸引你的地方？让你其他地方都不去，只有台湾一来再来？"我好奇。

"我不知道，就是人吧！这里有我爱的朋友，我想不到去其他地方的理由。"他理所当然地这样说。

"你呢？你也到过美国，你喜欢哪里呢？"他反问。

我笑了，虽然质疑着他旅行的选择，但我的答案却与他一模一样。

"你知道吗？我们结束了在伊利诺伊州的行程之后，还去了很多很厉害的地方，很多很了不起的城市，还参观了很多不得了的公司和大学。可是，我还是最喜欢 Carbondale，那个有你的小镇。"

我们两个都笑了，什么话都不需要再说地笑了。

咚——咚——咚

咚——咚——咚

那些朋友一个个在记忆里奋力地敲着远方的大鼓，催促着我起身。

我想，如果卡夫卡有一天早上醒来也听见了这来自远方的鼓声，他就不会变成一条虫了吧！

嗯！就这么决定了，在变成虫之前，无论如何都要去做一次长长的旅行！

克罗地亚的忍者哲学家

▷ ▷ ▶

你永远不知道，下一个遇见的人，会如何改变你的一生。

她是来自克罗地亚的Mateja。第一次见面的时候，可能是因为舟车劳顿的关系，她摆着一副臭脸，即使我友善地打着招呼，她还是冷冷地回应。这让染着一头白发的她看起来更像不良少女了，如果你跟我说她的背上满满的都是刺青，我也会相信。（她真的打算这么做！）

依照惯例，我会在当天晚上带着她去逛夜市，周末安排她去台南旅行。但是，那是我在学校的最后一个学期，她是我接待的最后一个外籍学生，当时的我已经是懒得带他们到处跑的老研究生了，对跟陌生人展示友善与热情非常倦怠，只想赶快把这个烫手山芋结束掉，我好回宿舍赶我已经火烧屁股的论文。

有别于以往的积极接待、精心规划，这次我用我的金头脑算出最短路径，帮她完成注册、采买、入住宿舍等例行公事后，我只希望，接下来她在台湾的一整个学期可以自立坚强、自生自灭。

"喏，这是我的电话号码，有需要再打。"我淡淡地说。但暗自希望她不要再打来，因为接待外籍学生，通常打来就是又有什么事要我帮忙了。

隔天傍晚，当我又陷在文献资料的云里雾里时，一个陌生的号码传来了一条短信。

"嘿！我是Mateja，如果你有空的话，要不要一起吃晚餐？"

眼看当天的论文应该是没有进展了，肚子也咕噜咕噜叫了起来。

"好吧！十分钟之后我到你宿舍门口找你。"反正都是要吃饭。

收拾包的同时，我才意识到这么一个简单的邀约，对我来说却非常陌生！

过往虽然有很多次和外籍学生互动的经验，但是都好像必须做点什么，我们才有理由可以聚在一起；得要一起去哪里看什么台湾很特别的东西，或是一起去哪里玩、吃什么特色美食。我总是用一种"需要照顾他们"以及"来者是客，要尽地主之谊"的心态在跟他们交往，因此，"想知道他们喜不喜欢台湾"还有"怕他们玩得不尽兴"的压力如影随形。

但是，在我意识到这是一个什么都不用准备的邀约后，我突然觉得好轻松。也许就是这么随兴、没有期待，见了面居然也不尴尬，更没有一定要找些什么话来说的生疏。

见了面，我们单纯交换着彼此生活中的小细节。通过这样简单的相处，我发现我不是把她当成"克罗地亚人"，而是一个简单的"人"来看。

我的好奇，不再只是对"克罗地亚"这个国家的好奇，而是对眼前这个染着白色头发、眼神里透露着不容妥协的倔强女孩感到好奇。

/ Mateja——摄于台南 /

|For all the beautiful souls

"我念哲学。"她说。

"天啊！你是不是大学考得很差，选不到你要的科系才去念哲学的啊？"

"哇哈哈哈哈哈哈哈哈哈哈哈！"她笑得无法自拔，差点把面都喷出来，无法理解我的问句。等她收拾好自己的情绪之后，又换回一脸倔强的表情，跟我解释：

"你知道吗？我除了主修哲学之外，还双主修民族与人类文化学。在克罗地亚的中学，哲学是必修课，我从高中开始就对这些东西非常感兴趣，也知道哲学就是我想要深入钻研的领域。"

我身边很少有在高中就把生命活得这么笃定的朋友。

"那家人对于你念哲学有什么看法？"我理所当然地这样问，因为在台湾选科系从来就不是自己的事……

"我跟我妈谈过，我们都知道念哲学毕业后很难找工作，不然就是薪水很低，但是，我妈只说：'如果你知道选择之后的后果，还是想要去念，那就去做吧！你可以为你自己的人生负责，我会支持你的决定。'"

"可是，难道你真的不怕念哲学以后出来找不到工作吗？"

"我当然知道念哲学出来工作机会不多，所以我除了哲学与民族学双主修之外，还修了教育课程。我高中念的是语言专校，我会说八种语言，还包括那些已经没有人在用的古拉丁文（她略带得意地这样说），所以我也可以去当老师。"

八种语言，我遇到的是一个什么样的怪物啊……

"不过，克罗地亚现在的经济状况非常差，再加上我们的政府非常腐败，所以老师的薪水还比不上垃圾车司机的薪水。而且我也没有那么想当老师，所以，还是继续当个穷困的哲学家吧！"她又继续笑得跟花枝一样了。

"那你呢？你读什么？"

"我读工程。"

"天啊！那你一定很聪明，很喜欢物理化学数学这些东西。"
每个外国朋友听到我念工程的反应都是这样。

"呃……其实我非常讨厌物理化学……但是，当工程师可以赚
比较多钱啦！"

"唔……"她扬起头，若有所思。

我也在思考，要怎么解释这个功利选择背后的家庭和社会压力
与台湾产业发展背景……

一个愉快的夜晚，我们聊了很多彼此的小事，她问了很多我以
前从来没有想过的问题，也跟我说了我以前从来没有想象过的生活
方式。

之后，我常常又是一个人去吃饭的时候，就会问她要不要一起去。
我从来没有刻意带她到任何名店，她偶尔也会跟我说她发现了哪家
素食店，我们就会一起去。如果不小心发现不知名的小店，我们就
会开心很久。

因为这样很日常的相处，我们变成了彼此都很熟稔的朋友。我
们聊彼此的食物哲学，发现意外地贴近；聊求学过程、聊生活态度、
聊家庭、聊未来、聊感情、聊刚刚在路上遇到的男生……就是平常
你会跟朋友聊的话题。通过异文化成长故事，重新思考自己过去理
所当然的人生。

两条在不同时空的直线，就在此时此刻交会成一个点，彼此交
换着故事，准备再次启程。

Mateja 的学校是东欧历史最悠久也是规模最大的萨格勒布大学，

其中她念的人文学院，又被称为"最爱罢课的学院"。受到哲学思想的影响，人文学院的学生批判思考能力非常强，并常以行动来抗议社会制度不公，一学期有几次罢课都是很正常的。不仅学生会罢课，就连教授也会罢课！

Mateja就曾经参与过多次罢课；其中有一次，学生占领人文学院的院所整整一周，无论如何都不让教授进门上课。

她说，对他们来说，学生罢课就跟吃饭喝水一样，是天经地义的事啊！

"那你大学的时候参加什么社团（club）啊？"

"什么大学社团？我们大学没有社团啊，只有要出去喝酒才有club。"

我到后来才知道，在很多欧洲国家，大学并不是一个大社群的概念，就只是一个上课的地方；而且很多大学根本没有校区可言，只有不同系所的建筑物分布在城市的不同地方。

"下课了就想要做自己的事，一点儿都不想再被绑在学校里面了！"Mateja这样说。

"那你都做些什么事？"

"我在一间礼品店打工卖咖啡、茶、香料还有巧克力，赚我的学费。我妈常说，我都念到硕士了，为什么要在一家小店里当店员，做其他工作不是比较轻松又可以赚比较多的钱吗？但她不理解的是，我不是为了钱才做这份工作的。这份工作让我了解了世界各地的咖啡品种，了解茶的知识，也认识了很多人。你知道吗？很多客人是因为我才来的。他们说，自从我在那里打工之后，整间店的气氛变得很不一样，他们没事也会来找我聊天！这是我喜欢这份工作的原因！

"暑假的时候，我还会跟另一个朋友去户外水上运动旅行社打工，接团带游客去溯溪、划独木舟、开帆船到海上度假等等，我从课外打工学到很多！打工不是只为了钱。"

正当我还在思考我的家教打工跟她的打工有何不同时，她又补充：

"喔，我还练过两年忍术。"

这次换我喷饭！忍……忍……忍术？

"我的老师曾经到日本拜师于伊贺流的忍者门下，后来回到克罗地亚开了一间忍者学校。我当时在研究日本文化，觉得有兴趣，就去了。

"我们会学习使用忍者的各项武器和技能，但你也知道，忍者是一个不太正大光明的角色，所以我们有很多关于保持安静、偷袭、等待的课程。有时候，我们得在树上保持静止，待上好几个小时。有一天我在家里练习的时候，我奶奶还被我吓到呢！

"整个训练过程非常辛苦，折断的骨头数比训练的人数还多，但是学习忍术带给我最大的收获，不是体能的训练，也不是武器的使用，而是意志。我发现，我能将这些训练运用到我生活中的各个层面、应付许多挑战；我觉得我更坚强了，我永不放弃的坚韧个性，可能也是那时候训练出来的。"

那时候的我还不知道，这个念哲学、习忍术的"白发魔女"对我会有多么重要。

我们都是千寻

▷▷▶

在申请来台湾当交换学生之前，Mateja 其实是想去日本念书的。

她常常说："我觉得我上辈子一定是日本人！"

除了喜欢研究各种日本动漫、卡通电影，她还学习日文。虽然是素食主义者，但嗜吃生鱼片。她养的猫叫京太郎，她读《源氏物语》，还跟着一位曾经到日本拜师的忍者钻研忍术、学会各种忍者武器。此外，在她的 D 盘里，还有 20G 的资料夹，里面全都是她历年收集的 Hentai Movie（日本情色电影）！就连硕士论文都是研究"从日本动画来看未来人类生活与科技发展——以宫崎骏电影《千与千寻》为例"。

"《千与千寻》我看了数十次，自己喜欢，为了研究，为了陪我的侄女看，我连里面的台词都背起来了！"

"这也是我最喜欢的宫崎骏电影！"

秉着这股对日本文化的热爱，她在大学时期，申请了三次日本留学，但一次都没上。Mateja 在她的学校是出了名的认真，年年都是班上第一，她同学得知她想要到日本念书，每个都说：

"Mateja，除了你，我不知道还有谁比你更有资格去日本了！"

"但是，克罗地亚整个系统都非常的官僚、腐败，不管做什么事，都得靠关系。找工作要靠关系，申请学校要靠关系，就连出国留学也得靠关系。"Mateja这样解释。

第一次申请，学校把唯一一个名额内定给一个学校主任的儿子。

他一句日文也不会说！

第二次申请，学校以她未通过任何日文考试为由，拒绝了她的申请，但是把奖学金给了另一个也没有通过日文考试的学生。

第三次申请，面试官是一个理工学院的教授，一坐下来，翻了翻她的资料，第一句话就问：

"嗯……念哲学跟人类民族学的，那么，请你告诉我……你能生产出什么？（What do you produce?）"

然后，在评分单上给了一个很低的分数。

心灰意冷的Mateja，已经是在学校的最后一年了，决定放弃去日本的想法。系办小姐知道她已经试了三年，也不知道该怎么帮她，就跟她说：

"这样吧，我们学校今年跟台湾的大学签约，明天就是申请的截止日，不如试试看吧！"

她不置可否地"why not"，匆匆丢出了申请表。

几个月后，她就出现在台湾了！

来台湾后，Mateja便一直规划她的日本行，她在日本留学的大门前被狠狠拒绝了三次，现在是她离日本最近的一次，无论如何都要一圆她的日本梦！

但日本像是跟她有仇似的，或者像她说的："我好像被神秘的

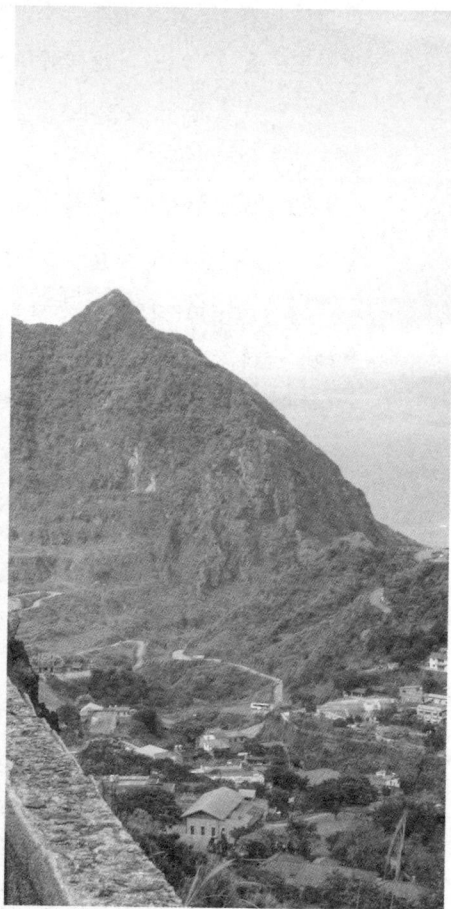

Mateja——摄于九份

魔法诅咒了一样，永生永世不能踏上前辈子的故土寻根。"

虽然老早在几个月前就买好机票，但就在她要前往东京的前一个礼拜，日本发生了"3·11 地震"。勇敢如 Mateja，也犹豫了，最后还是选择妥协，取消了机票。

知道自己在回到克罗地亚之前，大概没有机会去日本了，她就这样闷闷不乐了好几个礼拜。

于是，在她离开台湾之前，我决定送她一份礼物，带她到一个地方，一个可能会让她开心的地方。

趁着难得的连假，我们一路北上，几乎到了台湾最北。

下雨后的夜晚，山城格外安静，没等天全黑，老巷里的红灯笼就一个接着一个亮起来了。我们快步追着灯笼，直到一个楼梯急下，所有灯笼都一起亮了起来，再加上雨后地面的倒影，小山城被灯笼照得红通通的，闪烁着不属于人间的光芒。

"哇……"

在那一瞬间，我们两个都说不出话来了，但是感动却在我们彼此的心里回荡。

那时候，MSN 是大学生的主要社交工具，遇到 Mateja 之前，我的显示图片一直都是《千与千寻》中的"千寻"，放了好几年。千寻，一直在寻找什么的女孩，但是从来没有忘记过她的真名。

我想，我知道这次旅行对她的意义有多大，因为她的眼泪在眼眶里打转。

那一瞬间，我突然懂了，原来我们都是千寻。不管到哪里，都坚持带着自己的真名，寻找一份归属。

我在台湾找不到，她在克罗地亚找不到，所以我们才会在这么大的地球的这里相遇。

或许，宇宙只是原子随机的碰撞，但这一切，我们宁愿相信不是偶然。

我们一起深呼吸，感受生命的美好安排，安排我们相遇，安排我们一起来到这里，安排了这些灯笼。

"我好了。"她跟我这样说。

我想她的意思是，对的，这是最好的安排了。

Mateja 来信
我回到克罗地亚了

亲爱的苏弦:

写 email 给你一点都不奇怪,因为我在台湾的时候就常常这么做了。

然而,当我在克罗地亚写这封信给你的时候,却觉得很奇怪,因为我知道写完这封信给你之后,没有办法再像以前一样,马上看到你。

我很想念你,也很想念台湾,这里的生活跟台湾完全不一样。

奶奶看到我的时候,完全认不出我是谁(记得我跟你们说过,她有老年痴呆……);她当然知道她有一个孙女叫 Mateja,只是她不知道我就是 Mateja。我的猫也完全不记得我是谁了,我想,我们都要花一点儿时间来重新适应彼此。

你知道吗?当飞机从高雄起飞时,我开始哭了起来,哭到无法自己。这样听起来可能有点自大,虽然只在那里待了短短的时间,但我真的把那里当作自己的家了!我真的对这颗棒透了的番薯(that wonderful Sweet Potato)有很强烈的情感!

啊,我真的觉得台湾就是我的家了啊!我甚至还把台湾的两带回克罗地亚了，克罗地亚难得下着雨……

　　还有一件好笑的事：你们都知道我会说德语，但是当我说了四个多月的中文之后，我开始跟德国人和克罗地亚人说中文！（本来应该要跟他们说 Danke 或是 Hvala，我居然朝着他们猛说谢谢！突然觉得自己很笨……）

　　我觉得就算我说英文，我也会说得像台湾人一样：3Q，3Q！

　　我还在试着重新适应这里的每样东西。虽然大家都在喊热，但我却觉得很冷，必须要在克罗地亚的夏天穿长袖的衣服。跟台湾比起来，这里很冷。不过，我很享受这里怕人的早晨与傍晚。

　　我也很高兴我的皮肤终于不再因为温度高长疹子、因为空气不好长痘痘了，我现在终于不需要每天早上起来在我的脸上涂涂抹抹了。

　　嗯……这里的木瓜跟台湾一点儿都不能比，但我的杏树已经结满了又大又甜的杏了！

　　我妈妈为她自己设定了一个目标，就是要帮我增加体重，所以我的任务是，试图抵抗她。

　　再过两个月，你就要飞到欧洲当交换学生了，有任何问题都跟我说，我会尽可能帮助你。

　　你知道我是爱你的。希望你一切都好，我从克罗地亚把我的正能量透过 email 传给你！

　　抱抱与亲亲，还有很多的爱

Your Mateja

◆ 人助小笔记：怎么跟外国人变熟？

　　每次分享完我的旅行经验，最常被问到的问题是："那……你有没有什么破冰的方法，可以跟外国人快速变成好朋友呢？"

　　其实我连对跟我自己同文化的人，都没有一套可以快速破冰、变成好朋友的 SOP（标准操作程序），更别说是完全不同文化的外国人了。

　　每个人都是独特的，交朋友这件事绝对没有一招走天下的捷径，只能通过尊重、相处、了解来决定这个人适不适合当朋友。有些气味相投的朋友第一次见面就很聊得来；有些人则要通过时间慢慢酝酿，才知道对方的好；有时候本来很讨厌的人，可能因为一句话，就对他完全改观。哪里有什么方法可以"快速变成好朋友"呢？不管跟哪一个国家的人相处，你都会遇到合得来跟合不来的人，所以也不用产生遇到"外国人"就要跟他们都变成朋友的压力。

　　不过，回溯我过去的经验，我发现后来跟我变成朋友的外

For all the beautiful souls

国人，我们的相处模式都有迹可循："不为他们特别做什么"通常就是友谊的开始。

早期参与国际事务，接待外籍学生时，我都很怕招呼不周，怠慢了远方来的娇客，怕自己不够热情，没办法把最好的一面展现给他们。有时候甚至卑微到像在讨好，很喜欢问他们："你们喜不喜欢台湾？"整个过程中，会很积极地带他们去看跟对方文化完全不一样的东西，吃最有特色的台湾料理，完完全全就是以一个导游的身份在接待他们。

但是久了之后，我觉得好累。

这样的交流方式，我根本没有机会好好认识眼前这个人，几次这样大费周章地出游后，甚至不想再跟对方出去，因为觉得有压力，好像一定要端出什么新东西来才行。到后来，我越发懒惰了，所以渐渐地，安排的行程少了，希望对方配合我的行程多了，结果意外地发现，这才是最好的方式！

这个方法就是我的江湖一点诀："邀他们去做一些你平常就会做的事就好了！"

对，就是这么简单！

要去吃午饭，就大方问他要不要一起吃，即使你只是要吃巷口老王水饺而不是鼎泰丰；要去例行运动，就问他们要不要一起去，即使只是在校园慢跑而不是去登玉山或爬阿里山；有一个自己很想看的展览，也可以问问他有没有兴趣，即使那是关于《海贼王》的展览而他来自法国。就是这种朋友式的交流，让彼此从接和受的不对等关系，变成平等双向的互动。

当我们一心一意只想跟他们介绍那些跟我们生活无关的事物时，对方只能是"外人"，你永远把他当成跟你不一样的人，所以你们走不进彼此的生活，自然也没有办法变成朋友！

而且，导游式的交流不仅让你有压力，对方也会有"打扰到你"或是"一直接受你的照顾，感觉很不好意思"的压力。当他知道要和你出去，你都得为他准备些什么时，久而久之，对方也会因为不好意思而不敢再约你出来。

不用刻意约去哪里或创造什么机会，就是做你自己，邀他们去做你平常就会做的事就好了。想要变熟，就是得一起建立起生活中的惯例。不管跟谁都一样！有多少女孩们的友谊，就是通过一次又一次"一起去上厕所"建立起来的（笑）！不用觉得若不带他去哪里就没有尽到地主之谊，对不起他们，你没有欠他们什么，也没有义务要照顾他们或当他们的导游。在不特别的平凡小事中，培养出友谊，等到你确定这个人是值得你花时间为他付出的朋友，再为他付出，是不是会更公平一点呢？

我发现这样的相处，反而让双方看到更多、体验更多、思考得更多。我们都想体验不同的文化，但文化就在生活里，不是吗？

带他们做特别的事情之前，先带他们做不特别的事吧！

|For all the beautiful souls

Patrick 教会我拿掉别人的标签，和任何一个人真正相处之前，不要因为外在、头衔、学历、阶级而评论他人。我喜欢你，因为我跟你在一起很开心，相处起来很舒服，我尊重你，你也尊重我。

...

02
———
chapter

属于我的第一课：
欧洲酒文化

欧洲人＝PARTY＝酒精

▷ ▷ ▶

入关后，找了一个人比较少的区域坐下，距离登机时间还有半小时，手上拿着护照与登机证，机票的终点是欧洲。

终于要飞了。

在我小学四年级的某一天，不知道哪来的勇气，在没有告知任何人的情况下，小小的我跨上了小小的脚踏车，一步一步踩向大马路，从乡间小路骑到了隔壁车水马龙的员林镇。那是我的第一次小冒险。

小时候父母工作忙碌，为了让小孩子不要乱跑，总是跟我们说这里不可以去，那里很危险，因此，"外面的世界很危险，不可以自己一个人去"的观念根深蒂固地在我心里扎根，而所谓的"外面的世界"就是除了我家、学校以及家后面的庙埕以外的地方。在家里、学校、庙埕这安全金三角的路上，每一家每一户的男女老少，都叫得出我的名字，知道我是谁家的小孩、住在哪儿。在没有大人陪同下，我完全不敢踏出那个没有人认识我的外面的世界一步。

那天，是太阳跟蝉声一样大的夏天。爸爸妈妈都在睡午觉，我跨上脚踏车，在村子里到处骑，想找几个跟我一样闲得发慌的玩伴打发时间。没想到平常没事村里小孩就会聚在一起的庙埕，那天竟然一个人也没有！整个村子，好像被施了睡美人咒一样，大家都一起睡午觉去了！我骑在熟悉空旷的路上，一边骑脚踏车，一边唱歌，还放开双手骑了好长一段路，一不小心，就骑到了外面世界的边界……

"车子好多，要骑回去吗？"

"妈妈不知道醒了没？会不会已经在找我了？"

"如果他们知道我一个人跑到这边来，会不会被骂？"

虽然心里还有那么多的害怕，但双脚却已经重新踏上踏板，略为发抖地往前踩。连接村子到小镇的主要干道上，有一些东西是在"安全的里面世界"看不到的。比如说，时速超过五十的东西；比如说，三台以上同时行进的车；比如说，红绿灯。

我小心翼翼地贴着最右边骑，在汽车呼啸与喇叭声中，我听见自己的心跳，扑通扑通的，好大声！就连脑袋也扑通扑通地跳。一样的路，坐在妈妈后座跟自己一个人骑脚踏车居然是这么不一样！我一个人过了有六个红绿灯的大路口，一个人在平交道前面等火车通过，一个人经过妈妈常去的菜市场，最后停在妈妈曾经带我去过的书局，用口袋里本来要去杂货店买冰棒的十元买了一支笔！

回到家，村子好像又活起来一样，隔壁的阿公阿婆又坐在树下聊天了，庙埕里我的好朋友们不厌其烦地玩着我们已经玩过一百次的跳绳（是我们用捆着烧金纸的橡皮筋编成的跳绳）。我推着脚踏车绕过巷子回到家，但心里害怕得不得了，担心这个浪迹天涯的小狂徒会招来一顿责骂，没想到大人什么也没问，只问我功课写完了没。

这是属于我个人的第一个小旅行、小冒险。

但也仅仅如此，之后，没有让我变得更勇敢，也没有长出我的野个性，我依然对外面那个危险的世界害怕到不行。

一直到大学毕业前，我都还是觉得出国是一件很奢侈的事，不可能轮到我，外国人基本上跟外星人是同一种生物，只有在电视上才看得到。

那时候的我大概没想到，十几年后，我会把自己的人生装进一个限重二十公斤的行李箱，一个人到外面的世界去跟外星人生活一年。

通知登机的广播催促着我们去排队。

这一次，听不到心扑通扑通跳的声音，脚也不抖了，只有一片空白的脑袋。人生第一次有了自己可以自由支配的一整年时间，但我完全不知道该怎么用。相较于其他已经做好功课、规划好周游欧洲旅程的其他留学生，我就好像是大海上的一片保丽龙（泡沫塑料），茫茫无所求，淹不死也晒不死，只能随大海把我带到哪里去。

铆起来蹉跎吧！蹉跎一年后，回台湾找个好工作，也就甘心了吧。

将近一天的飞行与转机，我抵达了布拉格国际机场。

米兰·昆德拉的布拉格是绝望的，真正的生活不在布拉格，布拉格里只有生命不可承受之轻，也许正是这份绝望把我引来这欢笑与遗忘并存的布拉格？

来接机的是跟我同一学年到布拉格交换的德国男孩，正当我还沉浸在布拉格黑暗的想象中，这个男孩在胸口拿着一张不知道从哪里撕下的纸，潦草地写着我的名字，给了我一个不属于布拉格的阳光笑容。

我和这个从没见过面的男生通过 email。我提前两周来到布拉格，打算把一年的家当放在学校后，趁开学前先到克罗地亚拜访 Mateja。那时候 Facebook 还不甚流行，学校寄了一封群组信给该年度要到捷克科技大学念书的所有国际学生，说明一些注意事项。没多久，四百多位来自世界各地的国际学生，就主动利用 email 一来一往开始自我介绍、联络了起来。

"你好，我是×××，我来自××××。很期待接下来在布拉格的一年，希望可以认识很多好朋友！"

看着我的信箱一天之内涌入上百封来自不同地方的问候，想象自己就要像电影《西班牙旅馆》一样，和来自世界各地的大学生一起生活，对于接下来一年的交换学生生活，好像有点儿东西可以期待了。

"大家好，我是苡弦，我来自中国台湾！这将是我第一次踏上欧洲大陆，我很期待！P.S. 有人知道学校或市区哪里可以寄放大型行李吗？我会提前两周到布拉格。"

"你好，苡弦，我是 Patrick，我是德国人。我不知道哪里可以寄放行李，不过我跟一些欧洲学生已经先到布拉格上语言课了，现在住在学校宿舍，如果你愿意的话，可以把行李放在我们这边。我们是同一栋宿舍，所以对你来说也很方便！"

我试着从他的文字中找寻德国人冷酷、严肃、难相处的证据。

"我已经在布拉格两个礼拜了！对了，你行李应该很重吧！如果有需要的话，我可以去机场接你。"他在信里的最后一行附注。

我想象笑脸符号的背后，一定有一双锐利的眼神和坚毅的下巴。

"你好，我叫 Patrick，我从德国来，你就是苡弦吧！"

就当我还在寻找那个冷峻的背影时，他一下子就从人高马大的欧洲人群中认出唯一的亚洲人，一手接过我的行李，好像我已经是他认识多年的朋友一样。

他理着平头，有着跟小熊维尼一样的笑容……和肚子！没有锐利的眼神，也没有坚毅的下巴，更不要说冷酷、严肃、难相处了！

他是否也曾把我想象成丹凤眼、瓜子脸、会武术的东方女性呢？

他熟门熟路地带我买好到学校的车票，我都还没说什么，他就自顾自地说起话来。

"我现在头超痛的，昨天我们开 party（派对）到很晚，我今天早上因为宿醉差点儿起不来，刚刚还跑错机场。还好我全身上下最像德国人的一点就是，宁可早到不要准时！所以我才能从另一个机场赶过来接你。喔！我头超痛的，你无法想象……这大概是我来布拉格之后最大的一次宿醉吧！"

从机场到宿舍四十五分钟的车程，都是他说，我听。

每个故事的开头都是……

"You can't imagine……（你绝对无法想象）……"

每个故事的结尾都是……

"He was totally wasted and then……（他整个醉翻了之后……）"

在每个故事的中间再夹杂他的宿醉：

"我昨天真的不该喝那么多的，现在头好痛！"

很好！到欧洲的第一堂文化验证课。欧洲人＝ PARTY ＝酒精，Checked（记住了）！

我想要转移话题，就问他："你觉得布拉格怎么样？"

"I love Prague so much! Their beer is as cheap as water! No! even cheaper! Not as good as German beer, but I can live with that. And endless parties! Can you imagine that? How awesome is that! Its gonna be a legendary year!"

（我爱死了布拉格这个城市，啤酒居然跟水一样便宜！甚至更便宜！虽然不比德国啤酒好，但我可以接受！而且还有永无止尽的派对！你可以想象吗？太棒了，今年绝对是超棒的一年！）

没关系，深呼吸，我跟自己说："Welcome to Europe.（欢迎来到欧洲。）"

我再度尝试把话题从酒精和派对中转移，"你来自德国的哪里？"

"我来自德国西北的不来梅州，我们家在乡下，我住在村子里。I am a village boy, and I am proud of that!（我是一个乡村男孩，我为此感到自豪！）有一天我赚大钱以后，要在我们村子盖一栋大房子，让所有人都可以来玩。"

那个笑容，是发自内心的骄傲。

"然后，每天晚上都有 party，大家一起喝酒！Awesome！"

话题转移任务宣告失败。

即使宿醉，即使一路上不断跟我抱怨头有多痛，他还是坚持带我到布拉格旧城区走走，为我介绍周边环境，跟我分享他的布拉格生活。

傍晚，他送我到 Florenc 公车总站，我要搭十个小时的长途巴士到克罗地亚的首都萨格勒布。

我把大背包放进巴士下层，走向他，正要举起手跟他挥手告别，他张开双臂，在离我三步远的地方用 P 式微笑等着我。

这……这……这……这是要拥抱的意思吗？

|For all the beautiful souls

可是……可是……可是我们才认识一天，又都还不熟，这样好吗？

一个欧洲男生，又宿醉，抱了会不会有下一步动作啊……

他没有感受到我的迟疑，把双臂跟笑容都张得更大了！

总不能在这个时候说"不用了，谢谢"吧！

我硬着头皮走向他，生涩地给了他一个不太有温度的僵硬拥抱。

而整整高我四十公分，体积是我两倍的他，扎扎实实地给了我一个"熊抱"！

"Have a nice trip，苡弦！"他抱着我说。

就这样，Patrick成了我在布拉格的第一个朋友。

没有酒精的故事不是好故事

▷ ▷ ▶

后来我才发现，不是因为来到布拉格每天 party 才有那么多醉酒的故事可以说，Patrick 从他十四岁第一次饮酒开始，之后的每个精彩故事都一定含有酒精成分！好像没有酒精成分的故事，对他来说，就不是一个好故事！

其中我最喜欢的是他高中到巴塞罗那旅行的故事。

欧洲很多观光大城到了半夜总是可以看到平常不会出现在这座城市的人，例如布拉格旧城区，白天就是一个典型的观光区，这城市好像除了旅客、街头艺术家和纪念品店的老板之外，就没有别种身份的居民了。

但是到了晚上，观光客散去后，在街角巷口，总是可以看到黑人向路上的年轻人兜售大麻或其他毒品。这些黑人很多都是来自拉丁美洲的非法移民，因为没有合法身份，没办法在这里正常工作，只好在晚上从事这种高风险的工作维生。

怪的是，白天我从来没有在任何地方看到这些黑人，他们可能跟地下道的忍者神龟住在一起。

晚上接近半夜和朋友在布拉格散步时，他们总是会冷不防地靠近你，用只有你听得到的声音问："有需要吗？"

我一开始很害怕他们靠近我，但Patrick总是会停下来，和善地看着对方的眼睛说："谢谢你，不过我真的不需要。"

每次遇到这些黑人，Patrick就会把那晚发生在巴塞罗那的故事跟我再讲一次：

"我高中毕业旅行的时候到巴塞罗那，你绝对无法想象，巴塞罗那整座城市臭到不行！到处都是尿骚味。我就看过好几次，一群观光客在大马路边的围墙边当街上厕所！

"不过除了味道不太好闻之外，我还蛮喜欢巴塞罗那这座城市的。

"记得有一天晚上，我和另一个朋友去pub喝酒，出来的时候我们两个都醉了，你绝对无法想象我们两个喝得有多醉，但我们还想要再到下一个pub继续喝。

"有一个黑人靠过来，问我们需不需要大麻，我说：'谢了老兄，我今天已经够开心了。'

"我还记得那天超冷的，我把手上的兰姆酒加可乐递给他，问他要不要喝一点，暖一暖身子。

"那个黑人耸了耸肩，接过去喝了一口。我跟他说，我们现在要去别的地方，问他要不要一起来，那黑人也就真的跟着我们两个一起走了。

"他看起来很冷，于是，我把我手上的围巾给他。

"后来我们没有再到任何一间pub，就在巴塞罗那市区乱逛，做了很多疯狂的事，你绝对无法想象我们到底做了什么。后来天快亮的时候，我们都已经醉翻了，我们坐在海边看日出，跟着我们一个晚上的黑人突然对我说："谢谢你，老兄。我来到这里几年了，第一次有人把我当朋友看待，大部分的人都觉得我只是个毒贩，不愿意跟我亲近，更别说是跟我聊天了。'

"天亮了，跟他道别后，我和我朋友就回到旅馆休息，醒来的时候都已经是下午了！后来我们要回德国的时候，我朋友怎么都找不到他的围巾，问我有没有看到。

"'喔，你还记得那天晚上的黑人吗？我把你的围巾给他了！'

"'为什么你不把你自己的给他！！！'我朋友有点生气。

"'因为那是我的啊！如果把我的给他，我就得再去买一条，我可没那么傻。'

"我真的很佩服我自己，在喝醉的时候还想得这么周到！"

这就是我最亲爱的Patrick。

后记：我跟Patrick提到，我写了他在巴塞罗那旅行的故事，他知道之后一直确认我是否把故事讲完整。

"不过巴塞罗那的故事，后续很长……"

"我知道……这故事我听你说了五百遍了。"

"你有没有跟他们说，那个黑人是西班牙的非法移民？"

"说啦！"

"你有没有说，他那时候原本是想要卖毒品给我们的？"

"有，有，有。"

"那你有没有提到那条围巾不是我的，是我朋友的！"

"有啦，有啦！！我还有说，那个黑人最后还跟你道谢，说从来没有人把他当朋友，你是第一个不把他当毒贩看的人！"

"你人真好！这样大家就会觉得我是很高尚的人！希望他们认识我本人之后，不会太失望 。"

"我是不知道他们会有什么机会可以认识你本人……"

"你可以把我一生都写下来，像在写名人自传一样！"

呃……这个是不是叫"给你三分颜色，就开起染坊来了"？

一直到现在，Patrick在巴塞罗那的故事都还是给我很大的反思。通过这个故事，让我很想好好珍惜眼前这个人的那些美好。

在布拉格那一年和他的相处，我总是不停地想，到底是什么让Patrick变成这样一个人。喜欢喝酒的他，有一颗愿意尊敬所有人的心，一双一下子就能突破表象看见美好的眼睛，还有一股不刻意讨好但永远想要让别人开心的友善，以及不允许自己人生被卡死的灵活、幽默感。和他相处，总是会被他引出自己最美好的一面。这里面有些是专属于他的美好本质，有些是来自他那一对可爱的爸爸妈妈，而我也在里面发现一些我在亚洲学生身上看不到的欧洲学生缩影，关于文化的那个部分。

一个不强调阶级、勇于挑战权威的文化。

第二学期开学不久，Patrick跟我抱怨老师不愿意让他在家里自修，坚持他一定要出席上课。

"这不是很正常吗？出席率本来就是评分规则的一部分啊。"

"但规则不一定都是对的。念大学是我自己的选择，去不去上课也是我自己的选择。非得要用规定把学生绑在教室里面才叫学习吗？我相信每个人学习速度不一样，如果一个人在课堂外可以自主学习，达到等同教室里甚至更高的成效，为什么一定要待在教室呢？

你说，知识重要还是规则重要？"

下一次上课，教室都还闹哄哄的，Patrick 走到讲桌前面想再次说服教授。超级无敌害怕冲突的我，紧张地看着 Patrick，心里却暗自佩服他的勇气。

"教授，你只要把上课的投影片放到网络上，让我们自己下载，这样我就可以在家里自己念了。"

"Patrick，我已经跟你说过，我的这堂课，出席率很重要，你不来我就会让你不及格。来上课的话，你才能学到很多课本上学不到的东西。"

"我上学期就修过你的课了，你上课根本没有讨论，也没有教别的东西，不过就是照着讲义念而已！这样的事我自己也做得来！"

Patrick 说完就走出教室，一整个学期没有再回来。

下课后，我在学生餐厅酒吧找到他，他还是那个开心的 Patrick，好像什么事都没有发生，也丝毫不觉得顶撞师长有错，他就只是坚持做他认为对的事，然后承担后果。这出"欧洲校园剧"给了从小上课、下课都要"起立、立正、敬礼：老师好"的我很大的文化冲击。

我反复在我过去受教经验的"尊师重道"与 Patrick 表现出来的"我爱我师，但我更爱真理"两种价值观中摆荡。

德国在"二战"之后，非常小心地处理集体、权威的议题。他们曾经因为服从权威、守秩序而屠杀了六百万人，所以现在他们从小就被教育不要盲从，要勇于挑战权威，遇到不合理的事更要懂得思考、据理力争，以免历史的悲剧再度重演。对他们来说，"乖"甚至是一个负面的词，没有人想要当一个很乖的人，也没有人会因为很乖、很服从就被赞美。

这两个故事也让我看到，不论是对待毒贩或是对待教授，Patrick 所谓的尊重，是尊重眼前这个人，而不是因为这个人的辈分、头衔、身份、地位才尊重。

　　Patrick 教会我拿掉别人的标签，和任何一个人真正相处之前，不要因为外在、头衔、学历、阶级而评论他人。我喜欢你，因为我跟你在一起很开心，相处起来很舒服，我尊重你，你也尊重我。

　　我曾经问他，难道他们都不会对他们的上司或老板特别尊重吗？

　　他说："我从来不因为他的头衔而尊重他，而是因为他的能力真的很棒、他人真的好笑、他跟我处得来我才喜欢他。如果他只是个有钱的猪头，我根本不想理他。在德国，上班时间他虽然是你上司，但下班后大家一起去酒吧喝酒，就是朋友，如果他是一个讨人厌的人，没有人会想要理他。"

　　这样的文化，自然没有阶层的枷锁，君君臣臣父父子子师师生生，通通都是"人"，你尊重我，我就尊重你，你不尊重我，我也没必要尊重你。先看到一个人，再看他的身份，先尊重这个人，而不是身份。

　　虽然这样去除阶级、人人平等的文化不见得处处适用，但是我知道，在世界的另一端，有一个人做到了，因此我也可以慢慢往那个方向前进。

/ 我最亲爱的 Patrick /

Mateja 来信

我想我有点儿不一样了

亲爱的苡弦：

　　我从研究所毕业了，为了拿到毕业证书，我最近花很多时间在处理行政的东西。我每天都要等两到三个小时，从这间办公室走到另一间办公室，跟很多人说话，找很多人帮忙。官僚让整个流程变得冗长也毫无意义，整个国家就是这么没有效率，邻近的前南斯拉夫国家也不遑多让。我到现在还没拿到毕业证书呢！希望明天就是办好的那一天，然后我就可以跟爸妈去海边度假了。我终于买了新的泳衣，跟我在垦丁买的那件差不多。

　　好好享受你在布拉格的生活，但是深夜外出的时候一定要小心一点。布拉格的人来来去去的，不是所有人都怀有善意，这是多元文化城市的其中一个坏处：好人跟坏人混杂，靠着一些犯罪行为维生。你一定要注意自己的安全。

　　克罗地亚现在的天气非常热，这两个礼拜以来，几乎每天都是三十九度，由于没有下雨的关系，土壤非常干燥，我们花很多力气让我们庭院的花和植物活下来，就连小鸟、蜜蜂、老鼠都跑到我哥哥家的狗盆里喝水了！真好笑！

有时候我还是会买芒果，从巴西来的芒果。我已经放弃了从巴西来的木瓜，太可怕了；至于凤梨，是巴拿马的凤梨。我想，我还是乖乖地吃我便宜又甜的克罗地亚蓝莓和桃子吧。

今天我跟朋友去了一间蛋糕店，我们把去那间蛋糕店当成是我们的传统。我们以前曾经去那里庆祝我朋友毕业！现在轮到我请他们了！这家店最有名的是起司蛋糕，每当有人提起或是当我在吃他们的起司蛋糕时，我就想到你，等你来克罗地亚的时候，我绝对要带你来这里吃这种蛋糕！你绝对没有吃过这么好吃的起司蛋糕！很快就可以再见到你了，来的时候请你什么都别带，毛巾啊，盥洗用品啊，什么都不用，只要把你的人带过来就好了！

回来之后，我注意我自己有一些改变，其他人也注意到了：我更有自信，更严肃看待自己的生活，也更坚强了！这证明了我常说的，岁月不能使你成长，但是经验可以。（Years don't make you grow up, but experience does.）

当我读到你说你要离开生活了六年的台南时，我感觉得到你的悲伤，那里有你最珍贵的故事和朋友，你也在那里变成了一个完全不同的人。但是不要太难过，时间正不停地向前奔跑，你知道，接下来你将在欧洲看到你前所未见的人、事、物，整整一年！这些经验绝对会让你成长蜕变成一个更好的人，一个好到你无法想象的人，就如同台湾带给我的一样。

台湾深深地改变了我，而我很荣幸把它看成是我的家，它会永远在我心中，而且我的心告诉我，总有一天，我会回家的。

跟我说说你的生活，我什么都想知道，你爸爸妈妈还好吗？

Ivy 的论文写得怎么样了？ Steve 还喜欢他的新工作吗？

我很想念你们。

我亲爱的朋友，祝你有美好的一天。

P.S. 我寄出的工作申请全军覆没，就连 H&M 也拒绝了我，他们说我不够格为他们做橱窗设计，但是说我可以去当店员。我拒绝了，这不是我从研究所毕业后想做的事，况且我又还没开始挨饿呢！:)))

你知道我是爱你的！

一个很大的拥抱（克罗地亚式）

Mateja

Alcohol connects people（以酒会友）
▷▷▶

　　到了欧洲，很快就会发现，欧洲年轻人跟台湾年轻人 have fun 的方式不太一样，尤其是在夜间活动的时候。

　　我对欧洲人的印象就是：无酒不欢。尤其在东欧的斯拉夫民族，爱喝酒是出了名的，全世界个人平均啤酒量最多的地方，就是捷克共和国！不只宿舍的地下交谊厅卖酒，就连学校图书馆里也有酒吧！（图书馆耶……）

　　我们每个礼拜都有 country presentation（国家文化展示），来自世界各国的学生准备该国食物、影片、表演，让我们可以更了解不同国家的文化。我原以为这样的简报，会是在教室或是会议室里进行，但是在布拉格科技大学，我们办在市中心的夜店里，每周三的九点开始，介绍到晚上十一点，之后就是 after party ，一路到凌晨三点！这是每星期国际学生的重要社交场合，想要快速认识很多新朋友，就来参加在夜店的 country presentation！

　　在捷克隔壁的斯洛伐克甚至还有一句谚语："Vypi bo

| For all the beautiful souls

naljato, nalej bo vypito."意思是：酒杯满了，就要把它喝光；酒杯空了，就要把它倒满。

到克罗地亚女孩 Mateja 家作客，她妈妈第一件事情就是把酒杯倒满，Mateja 还开玩笑地恐吓我：在克罗地亚，客人食物没吃完，我们可以接受，但是没把酒喝完，是绝对不允许发生的事！

其实我们对于喝酒后会发生的事情，认知是一样的，包括会比较放松、喝太多会伤肝、可能会酒后乱性、也有不少喝酒闹事的例子，还会肆无忌惮做很多疯狂的事……只是他们觉得，这也是人生体验的一部分，不需要特别去禁止，人需要清醒的时候，也需要放下外在枷锁逃脱的时候。对于秩序，他们并不要求时时刻刻都要井然有序，只要你能为你自己的行为负责就好了。

朋友聚会，一定会有人带酒过来，每个人都很满意他们国家的

特色酒品。他们认为"alcohol connects people"。当不熟的两个人一起喝酒的时候，酒精可以很快地take off（放下）对方的pride（矜持），很快就可以变成朋友。不过，虽然他们很能够接受喝酒这件事，但是在捷克，只要喝了酒，就不能开车，他们的酒测标准值是"0"。

我虽然不喜欢喝酒，但是为了有更多机会相处，当他们晚上要喝一杯的时候，我通常也会跟着去。餐桌上，苏格兰人喝着威士忌，德国人猛灌啤酒，捷克人豪饮捷克药酒加捷克沙士①，法国人轻啜红酒，荷兰的gay永远只喝甜甜的鸡尾酒，至于我这个中国女孩，什么都试一点。还有什么是比这个更深刻的文化体验呢？

好在欧洲人一起喝酒的时候，他们都很随兴，每个人喝自己的，不会互相逼酒，也不一定要与谁干杯。有时候不想喝酒，就点一杯最便宜的啤酒，放着不喝，坐在那边跟他们聊天也很开心。他们喝酒很少喝到烂醉，每个人酒量不同，但是大部分的人都是喝到有点儿微醺之后，变得比较多话、很容易开心之后，就会一直让自己保持在这个状态，直到聚会结束。除非是周末或出去玩，他们才会喝多一点，让自己喝到可以做愚蠢好笑的事的程度，但是很少很少会喝到烂醉。

除了语言因素，西方学生和东方学生have fun（娱乐）的方式不太一样，也很难能让双方打成一片。

第二学期刚开始的时候，又来了一批新的国际学生，一个新来的西班牙人就一副很不能理解地说，为什么亚洲学生十一点以前就都走光了，party还没开始，不是吗？

有时他们出去吃饭想要帮我点一杯啤酒，我婉拒之后，Patrick

①沙士：一种碳酸饮料。

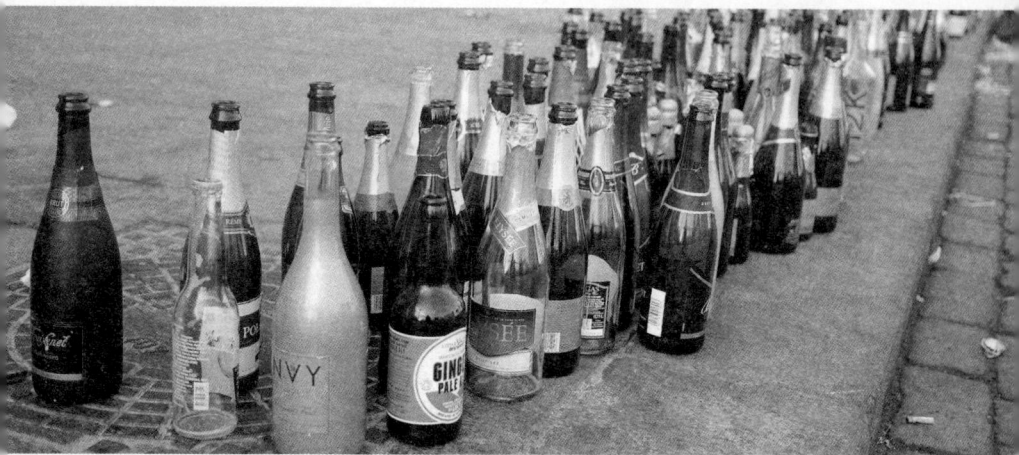

也会说："但，这可是啤酒耶！"不知道为什么有人可以拒绝 free beer（免费啤酒）。

回去之后，我问我的捷克朋友和美国朋友，一个完全不喝酒的亚洲学生，要怎么样才能融入欧美学生的生活圈呢？他们说这的确很难，因为对他们来说，下课或下班后邀朋友一起去酒吧喝个酒，就是他们很习惯的社交方式。

我们讨论了很久都想不出一个办法来，最后捷克朋友突然想到："我们很喜欢运动和一些户外露营活动，如果可以一起参加的话，应该就有机会的！"

正当我们认为突破盲点的时候，美国朋友说："对啊，但是你们运动完也是一起去喝啤酒，晚上露营活动的时间，也一定有喝酒的活动。"

我记得我和我的欧洲朋友一起出去旅行的时候，他们晚上也都一定要有大家一起喝酒的时间。一个加拿大朋友说，出去旅行如果没有喝醉，就好像没有出来玩一样。Patrick 到欧洲不同的城市旅行时，即使白天已经累得要死，晚上仍然要去当地很有特色的酒馆和夜店喝一下，他说在那里才有机会认识当地人。

开学没多久，有一个捷克国际学生大露营，结果大部分来自欧美的学生，包里都装了满满……满满的酒。第一天自我介绍之后的自由活动，大家就开始邀对方到彼此的小木屋，"你要不要到我那儿喝点东西？""我带了二十罐啤酒来，来帮我喝完。"

然后，每个来自不同国家的人开始分享自己国家的酒，每见到一个不同国家的朋友，他们就会把装满烈酒、又不知道掺了什么的玻璃瓶，热情地"嘟"到嘴边来，要我们一定要尝尝他们的酒，每个人都为自己国家的酒自豪。有人从一开始手就没空过，三天两夜不管什么活动，酒瓶都不离身，让自己随时保持喝醉的状态，然后晚上的 party 再一次大醉，隔天醒来继续喝。对他们来说，参加这种露营活动，就是一个可以光明正大把自己灌醉的活动！

一起去滑雪的晚上，晚上十二点，大家已经把旅馆台球桌当成是喝酒桌，围成一圈分享各种酒。我洗完澡下去聊天，每个人都问我要不要喝一口他们的酒。我说："不用了，我刷完牙了。"他们哄堂大笑，说这个理由太可爱了，完全不成立，没有人可以因为刷过牙就不喝酒的！

正当我慢慢地把对于喝酒的标准渐渐放宽、降低，也越来越能接受喝酒其实无害的观念时，一个事件又让我重新思考这个问题。

有一次，Patrick 刚考完一个很重要的考试，我们一起去参加一个朋友在船上举办的生日派对。Patrick 说他今天一定要喝很多很多，所以他先跟我说好，如果他已经醉到不认识自己、没有行动能力了，请我一定要看好他，把他安全送回家。Patrick 很少说这种话，因为他是一个很体贴的人，通常都是他照顾别人，很少有机会让别人照顾他。一听他这么说，我知道他可能前一阵子压力真的太大了，需要靠酒精放松一下，所以就跟几个朋友说好了，如果Patrick没办法了，再一起送他回去。

如他所说，他真的喝很多……很多，船上大概有七八十人，每个人都带着千奇百怪的烈酒，酒精浓度高又混着喝，很快地，Patrick已经过了微醺阶段，说话越来越大声，然后开始做蠢事。比如说，把寿星的裤子剪成一个洞一个洞的、想要跳进伏尔塔河里游泳……但是这个阶段没有维持多久，他就变成了一个我完全不认识的人。后来我们决定带他回家，让他好好休息，原本短短二十分钟的路程，我们走了三个小时才走完。

Patrick一直没问那天后来到底发生了什么事，他到底是怎么回到家的，直到几个月之后，我们一起去芬兰旅行，晚上两个人都睡不着，才聊到这件事。他一开始还是说喝酒的时候有多么开心、做了多少蠢事、多好玩……

我听了一会儿，说："但是，那天在boat party（船上派对）之后，我看到的完全不是这样。我不知道是在哪一个时间点，但是突然，你就像完全变成了另外一个人，整个人散发出来一股愤怒，不知道在对谁生气，就连走在路上看到不相关的路人，你也想要去找他打架。那个样子的你很可怕……"

Patrick听我这样说，突然变得很沉默。

"但是愤怒并没有维持太久，没多久，你就完全不说话了，一直跟我们讨酒喝。你的眼神变得越米越黯淡，有一股很深很深的悲伤，好像掉进一个没有人可以靠近的深渊，切断了跟外界的所有联结。"

他还是沉默。

"最后，我看到的是后悔，我看到你在为了你曾经做过的事情讨厌自己。我不知道那是什么事，但是喝完酒之后，你把面具通通都拿下了，原本被你隐藏得很好的、黑暗的那一面通通显露出来了。"

　　他叹了一口很长很长的气，想了很久才说"You are right"（你是对的）。然后在一阵沉默过后，他跟我说了他十五岁那年发生的事，那个让他一直到现在都没有办法原谅自己的事。虽然他已经试着去弥补，对方也愿意原谅，但是在那之后，他就开始喝酒了。

　　我后来才发现，那些特别喜欢喝酒的欧洲学生，虽然每个人都很乐意跟你分享喝酒的快乐，但是只有在party结束后，你才能看到他们喝酒的真正原因。

　　我想到Mateja的邻居，一对很年轻的夫妻，相恋不久后，因为女方怀孕而不得不结婚，但是男方因为酗酒的关系，根本无力工作，再加上这段婚姻并不是建立在稳定的感情和经济基础上，所以争吵不断。即使如此，小孩还是一直生。小孩从小就成长在分贝很大的家庭，每一个月都要上演一次妈妈出走的戏码，每次夫妻吵架，都要吵到附近邻居睡不着，最后只好出动警力来协调的局面。

　　Mateja说："对，我们是很爱喝酒的民族，我们的确引以为傲，我们相信Alcohol connects people，但是，我们没说的是，酒精误了多少人的一生。"

　　那天和Patrick聊天，聊到天快亮的时候，Patrick突然说了一句话："以后如果我有小孩，我不会让他们太年轻就开始喝酒。"

◆ 人助小笔记：东西学生社交观大不同

　　东西方学生无法融入彼此的生活圈，其实有一个很重要的因素是：两方的社交习惯差别很大。

　　在我们这里，所有认识的朋友，基本上都是基于血缘或地缘关系自然认识的，血缘就是我们的家人和亲戚，地缘则是在地理范围限制下邻近的人，比如我们的邻居、同学、室友、社团朋友。我们友情的建立，大部分是在这样的被动基础下产生的。分配到谁是你的同班同学、谁是你的室友、谁是你的社团伙伴、谁是你同事，那么，这些人就和你有了联结，你们是属于同一群体的人，朋友也就自然而然地在这个范围里形成。

　　但是，欧美国家因为个人主义的关系，他们并不太在意由地缘自然形成的群体，他们喜欢自己选择朋友。有时候上了一学期的课，却仍然不知道全班同学的名字，但是当他们发现班上有志趣相投的同学，他们会主动前去搭话，比如说："我觉得你刚刚提的那个问题很有意思，我也有一些想法，要不要下课后一起找个地方吃饭，讨论讨论？"

因为没有像我们这样拥有强大的同学、同事、社团伙伴联结，欧洲学生倾向用单打独斗的方式来结交朋友。因为没有一定要在意的"同窗情谊"（这里的同窗可以是同学／同事／同寝／同社团），所以也就没有太多的人际关系压力，即使一起上课，都还是独立的个体，不属于同一个群体，也没有太多的人际责任。而他们的社交需求，很多时候就得靠 party 来满足。在酒吧、club、party 里，你不属于任何一个组织，也没有标签。每一个人都练就一身可以跟陌生人随便聊上两句的功力，他们的友谊是建立在主动出击下的，如果你不愿意主动跨出那一步，你就交不到朋友。而成为朋友的条件，也不是谁离你比较近，谁就是朋友，而是通过不断地尝试、攀谈、闲聊，快速感觉这个人的人格特质是不是你欣赏的，才会继续深交。他们也不会因为跟你聊过天，就自然而然觉得要卖面子给你，如果你们两个不合，他们会很快速地寻找下一个人。

在这种社交环境下，每一个人的生活经验和展现出的脑袋里的东西就很重要。他们通常不会在社交场合谈论工作或是学习的事，也不太会在谈话中涉及他人隐私，所以懂得把生活过得精彩、有想法（或懂得表达自己想法）、有幽默感的人就很容易受到欢迎。这对当时刚到欧洲的我来说，是很大的挑战，因为我到欧洲前的生活其实就是一直念书，完全没有生活经验可言。针对议题的讨论，他们可以很容易、很直接地就说出自己的想法，也不怕反驳会冒犯到别人。但或许是受限于语言能力（或表达习惯），我都觉得要先想清楚了之后再说，也会在意对方听到的感受，通常等我组织完了我要说的话时，谈话的主题已经又跳到别的地方去了。一开始，除了有关学习、未来工作和对方隐私，我真的完全不知道还有什么可以聊的！在这种必须主动出击的社交场合吃了很多瘪。

一直到后来，我才慢慢学习表达自己的看法、心中的感受，也摸到了西方人对于"隐私"的界线，才能比较自然地加入他们的话题。通过一次又一次的训练，我也慢慢地可以从被动的等待缘分降临，转化成主动在一个陌生场合去认识新朋友。

但我发现，真正的友谊建立，通常都不是在 party 上面开始的，party 只是用来认识人的。如果在 party 上遇见几个还蛮聊得来的朋友，就会彼此留下联络方式，约下个礼拜一起出去吃饭、运动、喝东西、看电影或做些什么……这并不是在追女孩子，而是他们建立友谊的方式。如果你们两个在聊天的时候，聊到共同的兴趣，就会相约一起去做这些事情。还有主动设宴邀请对方到家里，也是常见的 party 后延续友谊的方式。参加完一个 party，可能会认识三到五个想要继续深聊的朋友，这时候就可以在下个礼拜的某天，约他们一起到家里吃饭，其他人也可以因为你的介绍认识更多的朋友。他们也很习惯对陌生人自我介绍，对于群我之分也不如东方学生明确。这次是你邀约，下次就换别人约你，通过有来有往的互动，友谊才会慢慢建立起来。

和因为地缘关系而形成的被动式友谊不同，这种单打独斗的友谊，相信的是人格特质与经营，当你觉得这个人是你喜欢、想要深交的，就必须付出努力维持，投资额外时间和情感成本才能加深友谊。但我们可能受到缘分和命运观念的影响，这种自然聚合的不可抗力因素，让社交相对轻松，只要在同一个地方待得够久，自然而然就会变成朋友。

有一次，Patrick 突然跟我取消晚上的饭约。我说，我晚上空了一段时间，不知道要做什么，他说："你可以找 Chloe 吃饭啊！她今晚没事！" Chloe 是我们在 party 上认识的一个法国女孩，虽然聊过几句话，也交换了电话号码，但是很不熟。

我说："可是我跟她不熟，这样约她不会很奇怪吗？"

Patrick 说："有什么关系，友谊不就是这样开始的吗？"

那天我鼓起勇气传了短信给 Chloe，一起去吃饭，后来，真的变成了很好的朋友！

我想，要跟不同文化的人做朋友，害羞真的不值钱。

旅行跟人生一样，都不是为了赶进度才来走这一趟的吧？最重要的是能够享受当下每一分每一秒，好好珍惜和你在乎的人在一起的时光，才是最重要的。

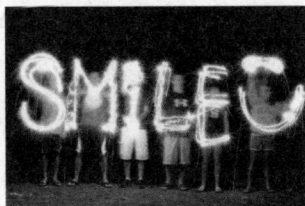

• • •

03
———
chapter

世界奇妙物语

克罗地亚慢生活

▷ ▷ ▶

　　2011年6月，Mateja结束了在台湾的交换学生生活。九月，我到布拉格当交换学生，行李才刚在布拉格放下，就连忙搭夜车到克罗地亚。从布拉格搭了十个小时极不安稳的夜车，一路来到萨格勒布，不过也才两个月没见到Mateja，我们一见面就抱在一起开心地又叫又跳，两个人都哭了。

　　她爸爸虽然没见过我，笑容却好像已经认识我很久了一样，他帮我把行李放到后车厢，从身后拿出一朵玫瑰花和一块巧克力送我。玫瑰花是家里后院栽的，巧克力是来的路上买的，这是南欧男人的浪漫。

　　Mateja的爸爸不会说英文，但仍然热情地跟我聊天，Mateja当翻译。他问我认识Mateja之前，知道克罗地亚吗？我说我知道，我在台湾一个旅游节目上，看到他们介绍过十六湖国家公园，还说这是全世界最美丽的国家公园之一。他爸爸听了很开心，很满意这个答案，看得出来他们真的很以这个国家公园为傲。

回到家，Mateja 的妈妈早就准备好蛋糕来迎接我，蛋糕上有我名字的缩写，她说她很感谢我在台湾对 Mateja 的照顾。Mateja 的家虽然小小的，但是简单、干净、舒服，摆设和布置都很有特色和品味，后面还有大到可以骑马的后院，种满了各种品种的树木、蔬果和花卉；家里的食材、用品不是有机就是天然的。

　　Mateja 的妈妈说，请我一定要把这里当成自己的家，把她当成自己的妈妈。我笑着说："我家没这么干净，妈妈也不会做蛋糕给我吃。"他们听了也不禁哈哈大笑。

　　她们担心我舟车劳顿，吃过午餐就要我去睡觉，我说我真的不累，他们说好歹睡两个小时吧！没想到我一睡就不省人事，睡了八个小时，醒来天都黑了。隔壁的两个小侄子进来看我好几次，一直问我是不是生病快死了。

　　第一个礼拜，我们哪里也不去，就是待在家里。有时候跟Mateja 到城里办事，才会顺便去市中心走走。

　　在克罗地亚，时间的流动特别缓慢，悠哉悠哉是生活的主旋律。早上起床就去后院摘新鲜水果，搭配着早先采收的核果，做成水果沙拉；中午吃饱饭后，就躺在后院的凉椅上晒太阳、睡午觉，没有人赶着要做什么；晚上一起吃饭、喝点酒，一起看部电影，一天也就这样过去了。

　　我其实很不解，Mateja 刚毕业在找工作，Mateja 的爸爸失业，家里只有妈妈有正职的工作，要如何负担这样的生活品质？

　　Mateja 说，跟台湾很不一样的是，在克罗地亚，土地一点都不值钱，在比台湾大 1.5 倍的土地上，只住了台湾 1/5 的人口。一直到 1991 年，克罗地亚才从前南斯拉夫共和国独立，是一个很年轻的国家。初期因为内战，经济发展受到严重影响，战争之后，国家建

（上图）/ Mateja 的侄子和侄女（下图）在 Mateja 家做点心 /

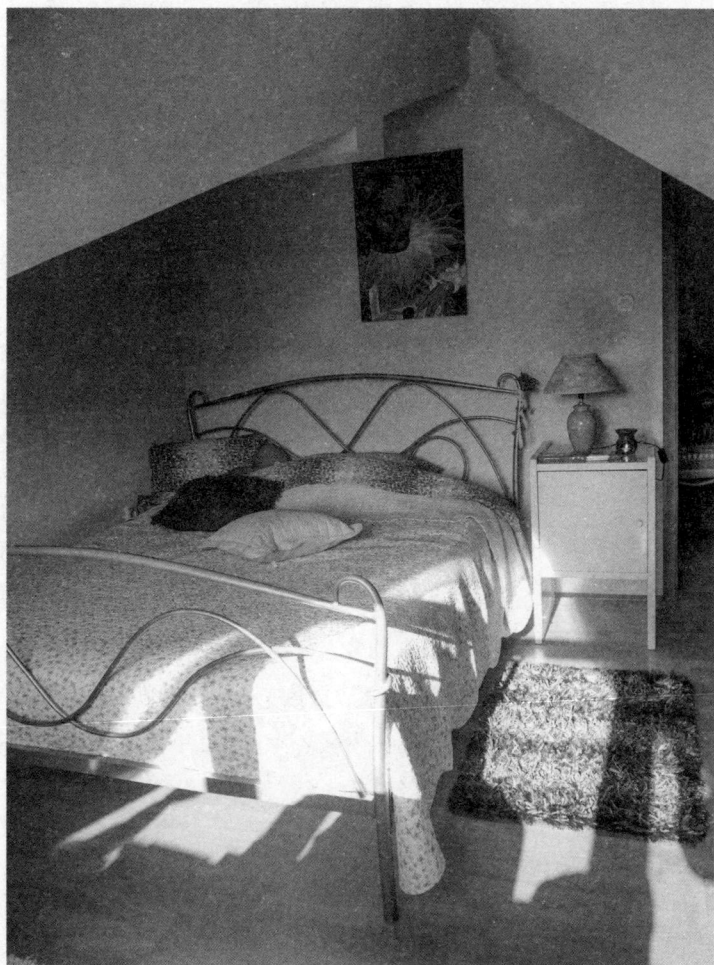

/ Mateja 的房间 /

设百废待举，还是欧洲贪腐问题最严重的国家之一。即使已经独立二十三年，国内建设仍相当缓慢。他们说，这里的土地一点都不稀罕，即使是住在首都萨格勒布，家家户户都还是有广大的后院。而且就像他们家一样，除了自己的家，很多人在海边都还有一间小木屋，夏天的时候可以去那边待上几个月度假。对他们来说，真正有钱的不是拥有房子或土地，而是在银行里拥有很多存款的人。即使他们家有两栋房子，拥有那么大的后院，户头还是空空的啊！

既然没有钱，为什么还要把家里布置得这么漂亮？

"有些东西，是无论如何都不能牺牲的。"她这样说。

她说，克罗地亚人认为，家是最重要的地方，也是一天当中待最久的地方，所以不管经济条件再怎么不好，关于生活的美学和对于家的照顾还是不能牺牲。

我又问，有机的东西不是比较贵吗，为什么还要这么坚持购买有机的产品呢？她说他们没有选择，如果没有人支持有机天然的东西，那么，这些商店就会生存不下去，很快就会倒闭了，那她就再也买不到这些东西了。如果有更多人支持，这些东西就有机会可以便宜一点，可以更长久地经营下去，所以无论如何，她一定要支持。

原来在这个世界上，还有一个这么坚持的小角落；原来美好的生活需要的是像这样的坚持。

在 Mateja 家一个星期，我也从台湾忙碌紧凑的饶舌步调，转慢五倍，调成克罗地亚的 slow Jazz（慢爵士）节奏。这是这辈子以来，第一次，我不用担心下一步要去哪里，不用跟别人竞争，不用汲汲营营争取不知道是什么的东西。我享受每一个当下，微风、蓝天、阳光、草地、花、自然的食材、暖暖的午睡。

第二周，我和Mateja的共同朋友Louisa也从香港飞来克罗地亚找我们，我们决定来一趟公路旅行，从北一路开车到最南端。Mateja请了她大学最好的朋友Marija当司机，第一次见面时，因为Marija的口音，我们还以为她主修放屁史（History of Fart），但其实是艺术史（History of Art）。

长达一个礼拜的公路旅行，Mateja的妈妈帮我们准备了很多杂粮食物，装满了后车厢。我们一路往南，第一站就来到了十六湖国家公园。

三年前，在电视上看到十六湖国家公园的介绍时，他们把那个地方称为人间天堂，照片里，好蓝的天空、好清澈的水，好美！

而我，真的到了！

沿途景色虽然称不上壮丽，但也够让人心旷神怡。数万年来未曾被污染的地貌与清澈的湖水，以及富含矿物质的水域所折射出来

的绚蓝，就像是东欧美女美丽的蓝眼珠。虽然有人称十六湖国家公园为欧洲九寨沟，但在这里，多了一份恬静，多了一种清净。

绕了一圈，我们躺在湖边休息的时候，Mateja 突然问我：

"苡弦，三年前你看到电视上介绍这个地方时，你有想过你会真的来到这里吗？"

"我很清楚地记得，当时看着电视、当沙发土豆①的我，心里想的是：真的好漂亮啊，不过，我大概这辈子都到不了那个地方吧！"

然后，我们相视而笑。Never say never（永不说不）。

隔天，大家都累坏了，但是 Mateja 坚持要一路往南，赶行程，到克罗地亚最热门的度假胜地杜布罗夫尼克（Dubrovnik）。行程赶得大家都很累，天气又闷又热，海风湿黏。低气压笼罩在狭小的四人小客车里，到了杜布罗夫尼克之后，Mateja 扮演着专业的导游，一一介绍这个世界遗产的历史，想要让我们在最短时间里看最多东西。她看我们心不在焉，问我们觉得这边怎么样，我对 Louisa 说："漂亮是漂亮，但就是一个观光客的地方啊！"

没想到因为这句话，她和我们闹别扭闹了一个下午，不跟我们说话，摆了一整天的臭脸。再经过一个下午的发酵，我们吵了一架。

都忘记说了什么，只记得最后一句是："Mateja，我来克罗地亚不是来观光的，是来看你。我很感激你排了这么多行程，想要让我看到最棒的克罗地亚，但是，如果在这个过程中，你把自己搞得这么累，你不开心，我又怎么能够开心呢？"

---

① 沙发土豆：指那些业余时间什么事都不干，只会在沙发上看电视的人。

很倔强的她没有说话，但是傍晚的时候，她走过来，跟我们说她想要 confess（悔过）。她说她懂了："我一直把我以为你们想要的东西塞给你们，却没有想过你们要的是什么。我们好不容易才能聚在一起，除了和你们相处聊天外，没有什么比这个更重要的了。我懂了，从现在开始，不赶行程，我要好好享受、珍惜和你们相处的每一分每一秒。"

说也奇怪，说完这句话之后，整个公路旅行已经不在我们的掌控中了，好像老天都安排好了一样。但是，这些不在预期之中的旅程，却成为我们最珍贵的回忆。

Marija 突然接到一通电话，她以前打工的旅行社老板，临时找不到人，请她明天过去支援斯洛伐克团的独木舟活动。Mateja 跟 Marija 大学的时候都在这种水上活动旅行社打工，带团体验克罗地亚的泛舟、独木舟、帆船、潜水等活动。Marija 很为难地看着我跟 Louisa，说我们可能要陪她们一起去工作了！但我和 Louisa 听了，眼睛都亮了起来，去哪里才能找到这样难得的机会，在一个陌生的国家里免费划独木舟！

Zrmanja 河的河道平缓，水流速度适中，是不需要太用力划也可以前进又不会被冲走的速度，只有少数几个有三四公尺的高度落差，可以玩有点儿刺激又不会太危险的冲降。

Mateja 和 Marija 当领头，带领其他三十位来自斯洛伐克的游客，要我和 Louisa 垫后，确保没有人落单。我好紧张、好紧张，因为我从来没有划独木舟的经验，万一我是那个最后被落下的人，万一我们迷路，万一我们体力不支，划不动怎么办？我一直跟 Louisa 碎碎念，但是 Louisa 一派轻松，好像很熟练地准备着她的装备，要我不必太紧张。

她们简单示范了划水的动作，就要大家下水开始划，一旦下水就没有回头路了。我胡乱拍着桨，却怎么样都划不动，没有训练过的我，手臂一点力气也没有。Louisa在舟尾，不疾不徐地规律划桨，看起来非常熟练也很享受。看到我们大幅落后，她才说："苡弦，你别动，让我来就好，我以前是海上独木舟的选手。"

我终于知道那一派轻松是从何而来的了。

独木舟是Louisa最爱的运动，她年轻的时候还曾经是大陆地区海上独木舟青年女子组冠军呢！但是后来因为背伤的关系，不得不放弃她最爱的海上独木舟，已经好多年没有划了。她要我好好享受，就算躺下来睡觉也没关系，她很想念划桨的感觉，这次的旅程，对她好像是一种心理治疗，补偿了不能继续在海上划桨的缺憾。

而对我来说，这是我第一次让身为人类的自己，重新跟大自然结合。我一直都在教室里、课本上学着自然科学，学大自然的奥妙，却忘记大自然才是最好的老师，从来没有真正走入大自然，用身体与它对话。

　　这世界上所有的知识都是活的，是我们把它教死了。

　　整整六个小时，从上游到下游，从天亮到天黑，于是，我终于知道什么叫作一条河。我们用手臂和桨与她对话，听她淙淙，听她潺潺，蜿蜒又迂回。她向我展示她的妩媚，她的内心世界澄澈又深邃。鱼儿绕过她的手指，我一跃而下，她梳理我的发，石头是她的心事，堆堆叠叠，神秘。树啊、山啊，她都爱，藤蔓与河草丝丝牵挂。尝一口她的甜，解我千年的渴。什么都带不走，也什么都留不下。但我终于知道，什么叫作一条河。

一分一秒的幸福

▷ ▷ ▶

　　克罗地亚又被称为"千岛之国"，靠着亚得里亚海狭长的海岸线，有一千多个大大小小的岛屿。Marija 带我们到她成长的小岛 Korula（科尔丘拉岛），据说这里是马可·波罗的诞生地。Marija 的妈妈在这座小岛上有一间面海的小店，小店里卖的是自制的有机橄榄油、果酱、精油、以及用各种植物酿成的烈酒。妈妈负责制作，学艺术史的女儿则负责整个店面的装潢和产品设计。夏天时，Marija 都会来这里帮妈妈的忙。这间小店的橄榄油来头不小，曾经在克罗地亚橄榄油比赛中拿奖，也有很多媒体报导。我们到的隔天，还有日本媒体到这里参观、访问。我们跟着 Marija 妈妈，到她们世代相传的橄榄园摘一些蔬果准备晚餐食用。她自豪地说，现在人们把有机当成是一件很时尚、很特别的事，但是在这里，有机是再自然不过了。几个世纪以来，他们家的橄榄园从来没有被农药污染过！

　　在自己的土地上，栽种安心的食物，开一间有态度的美丽小店，走出户外就是一大片湛蓝的海洋，这大概是我能想象的最好生活了。

离开 Marija 妈妈的有机小店半小时，我们的车子在路上抛锚了！这可不是开玩笑的，在这个小岛上，修车不像在都市里那么方便，我们自己试了好多种方法，让朋友送汽油来，大家一起推下坡看看能不能转动引擎，就连路过这里来度假的意大利人都来帮忙，大家你一言我一语的，却什么问题都没有解决。

但是这次我们一点都不慌张，因为不管去哪里，只要大家开心，目的地一点都不重要。我们索性就坐在路边野餐起来，一边等待拖吊车，一边在路上玩飞盘，就这样在大马路旁等了整整七个小时，从天亮等到天黑。那七个小时，虽然哪里都没有去，却是我们最开心的时刻。评估后，原来是车子一个重要的零件坏掉，但是零件要从几百公里远的萨格勒布送过来才能修！

Marija 只好请她爸爸开车过来，将我们暂时安置到他们在岛上的山屋，那里人烟罕至。在等车修好的三天，我们就住在那里。这些意外的插曲，却成了最美丽的时光。

|For all the beautiful souls

这间小屋是 Marija 小时候常来的地方，墙上还有她小时候的画。屋里没水没电，我们用井里接来的雨水洗澡、洗衣服，离小屋子三分钟的距离，就是海边，因为什么事都不能做，我们就什么事也不做。白天的时间，不是泡在水里就是在海边晒太阳；傍晚的时候，徒步到另一个山头去看夕阳，晚上就点着蜡烛在露台上看星星。

在远离现代社会的山上小屋里待了三天，我才知道，原来快乐可以这么简单，原来什么都没有也可以这么快乐。

我想，旅行跟人生一样，都不是为了赶进度才来走这一趟的吧？最重要的是能够享受当下每一分每一秒，好好珍惜和你在乎的人在一起的时光，才是最重要的。

我也懂了。

（上图）/ 我们在岛上住的小屋 /

（下图）/ 离小屋走路五分钟的游泳处 /

◆ 人助小笔记：怎么融入当地人生活？

朋友冠升到尼泊尔自助旅行的时候，写下了这段话：

其实，我不知道别人对于旅行的看法如何，也不知道当地人对于我这个异乡人的看法，但我想融入那里。总是有点儿争议：一个外国人，背景天差地别，怎么可能体会当地人生活？我回答不出来，所以只能暂且放下台湾的一切，学习当地的生活方式，和当地人互动。品尝蜜蜂围绕的超甜怪食物；小宝宝送我吃过的口香糖；路上的尼泊尔小哥请我到他家喝他爸的私酿 Raksi；商店老板教我印度教戒指的含义；到杂货店研究当地的特殊谷物。

暂时抛开认知是很惊奇的，但可以学到不少。例如：原来真的有蜜蜂围绕的超甜食物；其实十天没洗澡也还好；用手抓饭还真需要点技巧；小宝宝放在脏地板上还是可以健康长大；火葬场骨灰撒下地点和小朋友游泳是同一处（小朋友要闪开高温的骨灰）。舒适圈之外千奇百怪的遭遇，总是让我开怀很久。

到底是什么让我们融入当地人的生活呢？其实就是"想要融入的这颗心"，这是一种决心，一种意愿。

人类学家在做田野调查时，有一个很重要的方法叫作"参与式观察"，把自己从旁观者的身份转换成这个陌生群体中的一个角色，密切地参与他们的生活。而这当中最首要的，就是要先拆除研究者原生社会的框架，抛开对与错的判断；就像冠升说的：抛开认知与放下台湾的一切。

对我来说，就是一个"想象你已经在那个地方活了一辈子"的练习！

初到欧洲，每一天都有大大小小不同的文化冲击：第一天来接机的是个醉汉；醉汉说再见的时候要跟我拥抱；之后他们约出去玩，都是晚上要去哪间 bar。每天的我都必须不断改变和重新适应新的价值观。但是每当和外国朋友相处，遇到一些和我生长背景完全不同的事件时，即使我脑袋里已经大尖叫、大爆炸，表面上的我仍然装作没事，若无其事地听他们继续说，默默观察、学习、模仿他们的互动和反应，甚至在自己可以接受的范围下（这个可以接受的范围会越练越大）一起尝试。通过一次又一次的装没事练习，我发现他们也越来越把我当成是他们的一分子，我就是这样融入当地生活圈的。

"装没事"很重要，如果每一件事情都大惊小怪，强调对方与我们的不同，对方没有办法自然地应对，也很难把你当成是他们的一分子。很多时候，大惊小怪其实代表着某种程度的判断，而且也因为这个大惊小怪扩大了彼此的差异。但是装没事不代表粉饰太平，而是把参与过程中碰到的疑惑放在心里，事后自己找资料、思考，或是等到适合的时机再用巧妙的方式拿出来讨论。

这种感觉，不就像在异文化里当"卧底"或"间谍"吗？

滑雪初体验

▷ ▷ ▶

冬天到了，我在布拉格迎接人生的第一场雪。

Mateja 说她很喜欢下雪，有时候她会坐在窗边，盯着雪看好几个小时。

我问她为什么这么喜欢雪，她说，因为雪是那么的纯粹，不管雪下得再怎么大，都是静悄悄地；但又是那么有力量，等到大地整个被雪覆盖了之后，所有的脏乱不堪都不见了，全世界只剩下一片雪白，它是那么的轻又那么的重。

每当下雪的时候，我总是会想起 Mateja 跟我说的这段话。我想，每个人的人生或生活，都有某个地方是我们不愿意面对的不堪过往，或许我们都期待每年的某个时候能够有一场轻飘飘的大雪，能够重重地覆盖住这些不堪，让我们暂时忘记人生的不完美，然后偷偷希望，或许等雪白消融，那些不愿忆起的黑色角落也会一起褪去。

还记得第一次看到雪的时候，我好像误闯童话世界的凡人，雪一片一片地落在我的头发、肩膀上，然后我的体温将这些雪花融化。

对雪已经习以为常的欧洲朋友，看到我这么开心地想要用手、用嘴巴捕捉飘忽不定的雪片，说他们好像也回到小时候看到下雪就会很开心的那个时候。

喜欢运动的他们，冬天一到，都在期待同一件事——滑雪！

我们等了好久，等到雪终于下得够厚了，就往山上跑。

我们参加了由国际学生社团主办的三天两夜滑雪之旅。

以前毕业出游的时候，前一天晚上都会好兴奋，一定要叫爸爸妈妈陪我去卖场买饼干，好在车上可以和同学交换分享。要去滑雪的前一天晚上，我和德国男孩 Patrick 去附近的运动用品店租借护目镜和手套，之后他也约我到超市准备大采购一番。我又燃起了小时候远足前的兴奋心情！但是就在我抱着满满的饼干和巧克力和他在结账柜台前碰面时，我在心里翻了五个大白眼，然后问自己，难道你还不了解 Patrick 吗？他的篮子里有五瓶啤酒、一大罐伏特加、一大罐兰姆酒还有要混兰姆酒的零卡路里可乐。唉！不过结账的时候，我瞄到篮子的最底层，有两包比小熊软糖稍大的小鱼软糖，心想这大个儿还是有点童心的，在心灵深处还有一个尚未崩坏的地方。

隔天在车上一坐定，我才发现我错了。车都还没上高速公路，Patrick 就大声宣布"钓鱼比赛"开始！顿时车里的男性鼓噪了起来。Patrick 熟练地打开伏特加，自己灌了两口让长长的玻璃瓶腾出一些空间来，然后把黄黄绿绿的小鱼软糖加到伏特加里！我看着这些小鱼，游入了万恶的深渊，一池净水，再也无法清澈了。

钓鱼比赛是这样玩的：每个人只能喝一口酒，在玻璃酒瓶没有离口的情况下，看谁能吃到最多的鱼！这个游戏奥妙之处在于：没有人喜欢单喝伏特加，但要吃到最多的鱼，又必须把嘴巴张到刚好的大小，辅以嘴唇有巧劲地吸力，才能在不喝到伏特加的情况下吃

到鱼。但是稍稍一拿捏不慎，就会涌入满口恶心的伏特加，通常这种时候就是一人痛苦、其他人笑得乐不可支的时候。

我看着他们传递着酒瓶，瓶底的鱼一尾尾地被"钓走"，又一批批地被加入，我才明白台语歌里那句"杯底不通饲金鱼[1]"的含义！

---

[1] 杯底不通饲金鱼：意思是酒要整杯干掉，不要留一个杯底。

我怀念起那个虽然有着恐怖歌声，但至少大家只传递麦克风的纯真伴唱卡拉 OK 游览车。

等到两大包鱼都钓完了，我们也到了捷克北部与波兰接壤的最高山脉克尔科诺谢山脉。第一天晚上，在小木屋里吃完晚餐，其他的欧洲学生就兴冲冲地背起滑雪板往雪场跑，一分一秒都不想浪费。而我，一站上滑雪板，脚步就不受控制地往前滑动，外面又冷又黑，雪地游侠一个接着一个从我身边穿过，还走不到一步路我就已经跌了三次跤，雪板滑到我站不起身。最后一次跌跤，我从站在前面引导我的朋友胯下滑过，一头撞上他的裤裆。混着恐惧、挫败、懊恼、羞耻，我站起来拍掉身上的碎雪，跟他们说，你们去玩吧，我会参加明天早上的初学班，我再自己练习就好了。

隔天早上，瑞典男孩 Filip 五点就醒来了，他说他不想错过早晨还没有人滑过的平整雪道，那时候滑起雪来最爽！梳洗和吃完早餐后，我拖着沉重的步伐，滑雪靴和雪板是我脚上的枷锁。我到了小木屋旁略为平缓的斜坡集合，一起的还有几位来自没有雪的国家的学生，来教我们的是社团里的一个男生。当其他人咻咻咻地在附近滑来滑去时，我们一遍又一遍地跌进雪堆里。

"滑雪第一个要记住的是，当你觉得你快要失控的时候，赶快往旁边倒！"

一遍又一遍地教着我们基本动作，两只滑雪板要自始至终呈现内八状、身体往前倾、屁股往后坐、重心放在膝盖上。前一天晚上失败的紧张感一直延续着，我的大脑根本无法同时指挥身体这么多地方！练习了一整个早上，几个运动细胞较好的男生渐渐抓到诀窍，开始到正式的雪道上奔驰；来自中东的两个女生老早就放弃了，坐在旁边聊天。才第一天，我的体力却早已因紧绷的肌肉和不停地跌倒、

/ 滑雪时的合照（前面跪着的是 Vítek）/

站立、走回上坡处而耗尽。

中午吃饭时，大伙儿不断说着哪一条雪道最好，刚刚谁的什么动作超棒，下午要挑战黑色高难度雪道等等，完全插不上话的我，就连要跟他们一起去，然后在旁边看都很困难，因为光是走过去就要滑上好长一段路。

吃饱饭，我还是不想放弃，稍微恢复了一下体力，我又继续自己练习。社团里的捷克男生Vítek和他的女朋友Jana坐在旁边聊天。

又一次栽入雪中，我一边挣扎地站起来，一边在心里默记基本动作，这时候原本在旁边和他女朋友聊天的Vítek突然带着阳光般的笑容出现在我眼前，把我扶起来之后说："我来教你吧。"

我转过身去看着他的女朋友Jana，她给我一个超大的笑容，两只手竖起大拇指帮我加油！

他主动牵起我的手，很诚恳地看着我说："现在我要你什么都不要想，看着我！现在你美丽的眼睛属于我，不属于雪地，更不属于你脚上的滑雪板。"

这句话好像有魔力一样，让紧绷了一个早上的我马上放松下来。Vítek 用后退滑雪的姿势引领着我，要我凭直觉跟着他走。每当我忍不住想要检查自己脚下动作是否正确时，他就会提醒我：

"别盯着你的脚，别用大脑告诉它们该怎么做，它们自己知道该如何带领你去你想去的地方。"

Jana 也不停地在旁边大声地鼓励我：You are amazing! Fantastic!!（你太棒了！）

"看着我，跟着我。什么都不要想。人类最早开始滑雪的时候，也是没有规则的，你的身体自然会告诉你在什么样的环境下该怎么做，你要相信你自己。"Vítek 一边带领我一边跟我解释。我也想起我的捷克 buddy（朋友）在我出发前曾经跟我说，六岁那年的冬天，爸爸把他带到一个不算平缓的山丘上，慢慢把他推下去，他就这样学会滑雪了。

奇怪的是，在他的指引之下，我的身体好像真的知道该怎么滑雪了！跌倒的次数越来越少，身体也越来越放松。

"好，我们现在试试看往右，加速，很好！来个大转弯，对，就是这样！现在减速，向左再来一次。停，转弯，加速，amazing！减速，试试看能不能停。太棒了，You are just amazing! 苡弦，你知道吗？你生来就是要滑雪的！"

Vítek 没有跟我说过我的动作哪里不好，需要矫正，他唯一做的就是教我要相信自己，我慢慢地感受到我的脚能够自如地操控滑雪板，即使动作稍有偏差，我的身体也都能够自然而然地自动修正。成功滑下有点难度的滑雪坡后，Jana 也过来给我一个大拥抱，他们俩逢人就说，你真该看看苡弦是怎么滑雪的，她太棒了！

我跟他们要了张地图，一路滑向 Patrick 和 Filip 所在的雪场。

其实我自己知道我滑得并不好，学得也不特别快，但因为这两个 amazing people，让我除了得到学会滑雪的成就感之外，还看到了学习的另一种角度。

从以前到现在，我学习东西都是循着某种规矩一步一步慢慢学，我总是假想着每样东西都很困难，我如果没有办法马上学会，就是不如人，也会一直跟大家比较。"勤奋""努力""基本功要打好""标准"这些东西对我来说都很重要，也在无形中，给了自己很大的压力，做什么都怕犯错，而且很难享受学习这件事。而在那一刻，在这地球上活了二十四年后，我才第一次真的享受学习的每一个过程！在这样的过程里，没有人会为我评分，只有两个口头禅是"Amazing! Fantastic! Perfect！"的天使在我身边不断陪伴我、鼓励我。

后来，我回到台湾才读到这两种心态转变的差异，研究"失败"的心理学家 Dweck 曾把学习分成两种心态"固定型思维"与"成长型思维"。固定型思维的人认为能力是一成不变的，而整个世界就是为了考察你的能力所在的测试；而成长型思维则是认为每个人的能力都是可以变动的，这世界上充满了帮助你学习、让你成长的有趣挑战！在英文学习这一块，更可见一斑。不敢说英文的人都觉得自己英文不好，敢说英文的人是因为他们英文本来就很好。但是，殊不知那些能够把英文学好的人，是在面对每一次不会讲英文的时候，把它视为一种挑战而不是挫折，把它视为一次自己又可以进步的可能，而不是又一个否定自己能力的标准。

在以前升学主义为导向的校园环境里，我总是通过一次又一次的分班、考试、排名来固化自己的能力，我得把自己名次保持在某一个符合我能力的程度，否则我就会让我自己还有身边的人失望。读书这件事，也只是单纯地为了拉高成绩，而非对于知识的追求。这样的态度导致我很害怕犯错，什么都不敢尝试，只愿意做那些能够让我的成绩保持在一定水准的努力。除了学科成绩，自然也影响我对于体育、音乐的表现，如果我没有办法把它做好，那我就不要做它，或是找一些能够提高考试成绩，但是未必能提高能力的技巧来完成学期项目。可是因为 Vítek 和 Jana，我从固定型思维变成了成长型思维。我从害怕尝试变成一个喜欢学习、不怕犯错的学生！

虽然不免感叹过去从未有这样的经验，身边也没有像 Vítek 与 Jana 这样的辅助学习者，但从现在开始，至少我可以扮演他们的身份，全然地相信自己。说不定有一天，我也可以这样对待我的小孩，即使在他们不相信自己做得到的时候，我也可以全然地相信他们、衷心地赞叹他们，让他们可以聆听自己的声音，相信自己！

"Vítek，你滑雪滑多久了呢？"晚上吃饭的时候我问他。

"呵呵，我还没学会走路就会滑雪了。我老家就住在山上，冬天的时候，等雪积得够厚了，我天天都到后山滑雪。"就跟海边的孩子都会游泳一样，山里的孩子都会滑雪。

Mateja 来信

下雪了，你还习惯欧洲的冷吗？

亲爱的苏弦：

你好吗？还习惯布拉格吗？我想，等你找到一些新朋友之后，你就会越来越喜欢布拉格了，只是不要忘记我们这些旧朋友，好吗？

克罗地亚终于下雨了，气温一下子就降了十五度，我很喜欢这样的天气，一个真正的秋天。我们很庆幸萨格勒布天气这么好，上个礼拜，新闻报道说 Dalmatia（达尔马提亚）有场大雨，而且在 Dubrovnik（杜布罗夫尼克）有三个人差点因此死掉，有些城市淹水了，造成很多损失。很快地，天气就要变凉了。我妈妈说她很想你。好奇怪，虽然语言不通，但是他们却很习惯你的存在，一点儿都不违和。

我猜布拉格现在更冷了？萨尔斯堡和奥地利的一些地区都开始下雪了！才秋天就下雪了！

现在应该还不到开暖气的时节，你会冷吗？你有足够暖和的衣服吗？

你说你有点感冒了，乍暖还寒的欧洲最容易让人感冒了，如果你觉得身体不舒服，在热茶里加点蜂蜜和柠檬，这是我们传统的秘方；如果你咳嗽，没有什么比焦糖牛奶更好的了！把糖放到锅子里煮成咖啡色的浓稠液体，再倒入一杯牛奶搅拌，等牛奶滚了之后趁热喝，也是传统民族疗法！

嗯……最近我忙着找工作。我在广告上看到一些工作，但是，还没有任何人打电话来通知我面试。我得说，我不是太乐观，但说不定哪天我就走狗屎运了！虽然我的运气通常很差。目前我找了一份兼职，至少可以负担自己食物的费用，并帮我爸妈减轻一些生活的负担。

希望你一切都好，我亲爱的苡纹。

Mateja

全世界只剩下自己的安静

▷▷▶

　　一个喜欢冲浪的朋友曾经跟我说过，冲浪的人追求的不是速度、不是刺激，而是一种安静。我一直到那天晚上，在零下二十度的山区才懂得他所谓的安静。

　　学会高山滑雪（Downhill ski）的隔天，有人提议想去越野滑雪（Cross-country ski）。越野滑雪是使用一种比高山滑雪还要轻盈的滑雪板，在雪地里快速滑行的活动。因为路途长远，又需消耗大量体力，所以又被称为"雪上马拉松"。

　　其他滑雪经验老到的欧洲学生马上附议，每个人都说要参加。他们分成两组，一组要进行的是十七公里、全程至少八小时的长程越野，另一组则是五公里，大概只要三小时就能完成的迷你越野。

　　才刚学会高山滑雪的我，看到我的好朋友们都报名了高难度的长程越野，不知道哪来的勇气，居然也跟着报名了。有经验的他们，每个人都想劝退我，让我到迷你越野组就好，一方面担心我又要重新学习另一种滑雪板技巧，另一方面怕平常没在运动的我体力负荷不了。

可是，这次他们安排的长程越野会爬到捷克海拔最高的雪山，沿着捷克和波兰边境滑，我这辈子说不定就只来这一次，如果不能上去的话，我一定会后悔死的！

Vítek 和 Jana 是长程越野的领队，他们看出我真的很想、很想要参加，因此不顾众人的反对，跳出来说："没关系，我们跟你一起走，走再慢都没关系。而且我们已经看过你有多棒了，你一定可以达成的！"贴心的 Patrick 也说："我也不喜欢走太快，我在后面陪你慢慢走。"明明在我报名前，他还说他一定要冲到前面当第一个的。

那天天气非常好，大地一片雪白，头顶却是一整片蓝天。冷风刮着脸，太阳却晒在背上，我把自己塞在四件衣服、两条裤子里，听说太阳下山后会降到零下二十度。

不出所料，我有一个惨不忍睹的开始。因为不谙越野滑雪板的技巧，我不断摔跤，都还没开始爬，我已经又在不断跌倒和不断把自己从雪堆里拔出来中消耗掉大部分的体力了。但是，我和前一天早上刚开始学滑雪的心情已经完全不同了。这一次，一点都没有挫败的心情，每一次仆街，我都很高兴，很像为自己脑内打吗啡一样，告诉自己离驾驭这个滑雪板又更近一步了！

就这样跌跌撞撞、爬爬滑滑，我也走了好几个小时，前面早就已经不见人影，只有 Vítek、Jana 还有 Patrick 陪在我旁边慢慢走。一直到休息的时候，我才有机会往回看，平地的建筑早就已经被我们抛诸脑后，放眼望去全是一片雪白，中间掺杂着高高低低的松木，才发现我们已经越过了一整片森林。高山的大雪让森林只冒出树冠层，走过的路面全都被白雪覆盖了，好像全世界只剩下我们四个人，有一种很矛盾的情绪：一面是人类试图征服自然、挑战世界的成就感；一面是面对浩瀚的自然，我们不过细如尘沙的渺小无力感。

好不容易到了捷克最高点，我们走到边界，把手伸出去就是波兰。Patrick 一直玩着捷克、波兰来回的无聊游戏，直到他发现不远处有一个酒吧。哎！是啊！这个严重酗酒的斯拉夫民族征服了境内最高山之后，第一件事当然就是先来一杯啤酒啊！被覆盖在白雪中的酒吧，只露出招牌，在雪中把大门铲出来，让这些千里跋涉的旅人可以享受雪中啤酒的滋味，但是这个时候，来自亚热带的我只想来一碗热腾腾的贡丸汤啊！

再度启程时，从店家的口中，知道我们已经落后许多，天色也渐渐暗下来了，Vítek 和 Jana 说回程可能要加快速度，否则天黑了在山里视线又差、环境又冷，会很危险。在白雪皑皑的高山上看日落是一件很神奇的事，随着太阳的位置慢慢下降，天空被染成不同的颜色，雪地也映照着非人间的光辉，树影被拉得好长好长，有几个瞬间，我怀疑我是不是还在地球上。

我的速度仍然很慢，每隔一段时间还是要跌一次大跤，大家越来越紧张，太阳下山后气温骤降，我们也越来越冷。满天的星星无助于照亮眼前的路，眼前视线全黑，只有头灯照得到的距离才见得着路。大家都很专心地低着头赶路，和来时路不同，回去的路都是下坡，稍稍没有控制好就会滑倒，不小心还可能会撞到树。我冷得发抖也怕得发抖，他们一开始让我滑在最中间，我因为担心拖累他们的进度，反而更紧张，一直不断摔倒。我又怕万一没人发现我摔倒，我就要自己一个人被留在这个零下二十度的山区了！后来他们把我调到最前面，以防万一。

这一次，只有我一个人在前面面对无止尽的黑暗，我突然想起前一天 Vítek 跟我说的："别盯着你的脚，别用大脑告诉它们该怎

/ 捷克最高山 /

| For all the beautiful souls

么做，它们自己知道该如何带领你去你想去的地方。"

深呼吸，相信自己，我相信我的身体，会带我去该去的地方。

那一刻，我突然放松了下来，视线专注在头灯照到的眼前的路，原本一路呼啸的风声瞬间静止，我感受不到其他人的存在，全世界只剩下我一个人，我让我的意识投降，和这座山一起呼吸，让我的身体冲破恐惧带领着我前进。一路滑回小木屋的两个小时里，我再也没有跌倒过。我的双脚不是我的双脚，我感觉不到它们紧贴着地面，我感觉自己好像在飞！好安静！

我终于体会到了冲浪朋友所说的"安静"。是的，不是速度，不是刺激，而是全世界只剩下自己呼吸的安静。

等到安全抵达小木屋，我们的朋友已经在里面喝完热汤了。见到我进门，他们过来抱我，恭喜我们平安归来，原先一直劝退我的朋友拍拍我的肩膀，跟我说：Respect！（致敬）

我真的做到了！

一起吃饭的时候，Patrick 和 Jana 说，这是他们滑得最快的一次！有好几次，他们都快要跟不上我的速度了！

Respect 吧！

芬兰森林浴

▷▷▶

芬兰可以说是世界上诡异比赛的诞生地！可能是因为处在天寒地冻的极北世界，寒冬漫漫，得想些有趣的事来打发过长的夜吧！所以，他们发明了泥巴足球赛、丢手机比赛、背老婆大赛、桑拿忍耐大赛这些诡异的比赛，不仅芬兰人玩得开心，连其他欧洲国家也都纷纷共襄盛举！

在电影《海鸥食堂》里，正子就是因为看到电视里的空气吉他比赛才来到芬兰。在电视里，那些假装在弹吉他但手里根本没东西的人（对，这也是一种比赛！），每个看起来都无忧无虑，完全没有受到世事束缚，看上去是如此的安定、平和。长期卧病在床的双亲过世后，正子毫无计划地来到芬兰，想要寻找那份安定与平和。

"这个国家的人为什么会看上去这么安定、平和呢？"她问。

"森林。是因为我们有森林。"邻桌有着日本狂热的芬兰青年毫不犹豫地说。

于是，她就拎着包到森林里去了！

Maija 和 Tommi 是和我一起在布拉格的交换学生，他们是来自芬兰的一对情侣，跟我们一学年的交换计划不同，他们只待一学期。但我和 Patrick 老早就约好要在五月节(Vappu)的时候来一趟芬兰行。

我们抵达芬兰的第一天，行李才刚卸下，Maija 的妈妈就提议，要我们到森林里过夜！

可是，我什么露营的东西都没有带！要野外求生什么的，我也都不会……倒是他们三个人老神在在，到森林里过夜就好像到隔壁邻居家住一晚一样。

Maija 上下打量了我的身型，就到仓库里翻翻找找，最后翻找出符合我 size（尺码）的防寒外套、防寒裤、专业登山鞋、手套、睡袋、睡垫。

"好了，你什么都有了，等我准备好食物，我们就可以出发了！"

Maija 的老家在芬兰南部的 Lempäälä，是非常典型的芬兰木造建筑，窗外有木制鸟架，让野外的小鸟可以来这里休息用餐。他们不饲养，只观察，用这种方式跟大自然靠近。厨房里有传统石造的壁炉，也有微波炉和烤箱，传统与现代并存；客厅的柜子里摆满了姆米①（Muumi）的碗盘、杯子、手巾，完全满足我对芬兰的绮想。当我看到淋浴间后面的桑拿时，才告诉自己是真的到了芬兰！淋浴间里有两个没有隔间的莲蓬头并列，桑拿室则是可以一次坐进五六个人的木制小屋，充满着浓浓的芬多精②。好像预见了我的惊讶，Maija 出现在我身后说："欢迎来到芬兰。在这里，每个人的家里都有一座桑拿！"

---

① 姆米：芬兰著名的漫画人物。
② 芬多精：英文名为 Pythoncidere，主要成分是一种芳香性碳氢化合物。

Maija 的妈妈替我们打包了裸麦面包、熏肉、起司，就开车把我们四个送到荒郊野外丢包了。但是芬兰人好像有内建的森林 GPS 一样，很有自信地在我看起来都一样的森林中自在穿梭。喔，忘了说，连他们家的黄金猎犬都跟着一起来露营了。一路上，Maija 跟我说她夏天的时候，都会和爸爸到森林里采菇、采莓，Tommi 指着错落在森林里橘白相间的小旗子，介绍他小时候最喜欢玩的定向越野比赛。每个芬兰小孩都是在森林里长大的！

满脚泥泞地走了将近一个小时，才抵达我们今晚的露营地。在天色暗下来之前，我们得把火生起来。Maija 和 Tommi 负责整地铺床，我和 Patrick 负责砍柴，费了好大一番功夫，全身都流汗了之后，才砍够了一个晚上需要的柴。

受过军事训练的 Tommi 一边生火，一边解释他们当兵时所受的野外训练。Maija 在旁边翻白眼，看来全世界当过兵的男孩都一样，说起当兵就停不下来了。他们聊着芬兰历史，聊德国与俄罗斯跟芬兰的关系。我只能在旁边听，一边想，那台湾跟芬兰有什么关系呢？

睡觉的时候，看到我穿着衣服就要钻进睡袋里，Tommi 说，在睡袋里你穿得越多晚上就会越冷，穿得越少睡袋才越能发挥它的功用，让你更暖和。然后又开始滔滔不绝地说起当兵时，部队要求他们把所有东西塞进外套里当枕头，夜间突袭的时候，可以一穿一拿就跑！还一边说一边演练。

Maija 怕他一直说下去，赶紧转移话题，说前两天在这附近，有人发现了大黑熊！说完就双双睡去。我挑了一个角落的位置，没想到是错误的选择，火暖不到我的脚，湖边露气湿重，脚像是两支冰棒一样，整个晚上不停地左脚和右脚互搓，用手去暖脚也都没用，就这样看着天渐渐亮。晚上狗嚎叫了好久，其他人竟都没听见。

|For all the beautiful souls

/ 在五月节喝醉的人 /

/ 五月节的户外野餐 /

隔天一早他们都醒了，Tommi 重新生火，其他人帮忙准备早餐。一切都是这么自然。原来这就是芬兰人安定自在的秘密。

　　在 Lempäälä 待了两天，我们开车到赫尔辛基准备迎接 Vappu 的到来！

　　每年的 5 月 1 日，是芬兰人大肆狂欢的日子，对他们来说，这不只是劳动节，还象征了漫长冬夜的结束。这是芬兰人春天的开始，大地重生的日子！

　　芬兰学校大概在两周前就会开始动起来，举办各式各样的活动，在 Tommi 的学校，每年都会把高吊机开到学校，学生们可以坐进铁笼里，让高吊机把他们浸到冰冷的池水中！宿舍会举办阳台音乐会，每一个房间的露台就是一个舞台，弹吉他的、唱歌的、打鼓的……他们还办过男子高跟鞋狂奔大赛，整个大学被炒得沸沸扬扬的，教授也都会技巧性地把考试避开 Vappu 季。

　　在 Vappu 的季节，你看不到拘谨、冷漠、严肃的芬兰人。

　　Vappu 还有另一个重头戏就是酒！从 4 月 30 日下午到 5 月 1 日，全赫尔辛基的人都跑到街上来大肆喝酒狂欢，五月节嘉年华好像是要用酒精把整个春天叫醒一样。

　　Maija 和他的同学，在五月节之前，会开始自己酿蜂蜜酒 Sima，也会纷纷搭船到对岸的爱沙尼亚去买酒，酒钱加上船票还是比在芬兰买酒便宜。也有不少人在平日的时候跑酒单维生，到爱沙尼亚买酒后，以略低于芬兰市价卖出。

　　4 月 30 日下午，大学生换上连身裤，他们说这连身裤每个大学生都有一件，根据所属的学院不同，颜色也会不同，很好分辨。这可不是什么制服，只是因为参加 Party 的时候，很容易弄脏衣服，不小心就会被酒泼到或是沾到别人的呕吐物，所以后来穿连身裤参加大活动就变成芬兰学生的传统了！五月节的街上，到处都是五颜六色的连身裤大学生，不同的是喝醉的程度。

我不得不把他们所谓的嘉年华解读成一个"全城可以理直气壮在大街上喝醉"的活动。在赫尔辛基，所到之处都是酒醉的人。"如果这一天没有喝到烂醉，隔天头痛欲裂地醒来，就不叫Vappu。"他们跟我这样解释。

好吧。

天色黑得很快，但芬兰年轻人没有要放过自己的意思。路边地上出现了许多摊"披萨"（捷克人称酒后呕吐为在路边做披萨），我们在芬兰当地速食店Hesburger吃了晚餐，Maija的一个朋友已经吐了三次，他们讨论要再去哪几间酒吧喝酒！他们需要一个壮丁把这位朋友送回家休息，对喝酒行程不太有兴趣的我，自告奋勇地要带她回家。众人仿佛如释重负，一年一度的大日子，没有人想要错过！搭公车时，这个酒醉的女孩已经神志不清，一直对着我傻笑，说我是她见过全世界最最最最最好心的人，还跟邻座的酒醉人一直不断说我有多好。让我跟她说谢谢也不是，跟邻座道歉也不是。

把这个芬兰女孩放上床后，我也霸占了最舒适的沙发睡去。半夜三点，人声嘈杂，大家都醉醺醺地回来了，我不打算醒，但是没多久，争吵、哭泣、敲打的声音不断，起身来看，原来是为了一件好小好小的、隔天没有人会记得的事吵架。

隔天早上虽然宿醉，但是5月1日这天，大家必须换上正式的衣服，正式迎接阳光的到来。早晨必须以气泡酒作为开场，之后桌子摆满了我们这几天准备的Vappu传统料理。有鹿肉腊肠、麋鹿狮子头、米馅饼（Karelian）、甜甜圈、鲱鱼沙拉、Patrick做的德国马铃薯沙拉……

芬兰人好奇地问我关于亚洲的许多事，我们聊了人口密度。"真搞不懂芬兰人已经这么少了，为什么还要一直自杀呢！"Patrick 式幽默又把大家逗笑了。

但是，我们也从这个话题延续到了气候与文明的关系，为什么以现在整个世界局面看来，在北部的民族普遍比南方的民族强盛呢？我也提出我以前在书上读到的芬兰，同他们讨论，包括不让一人落后的平等教育、贪污率为零的政府、完善的社会福利制度；Patrick也用德国的背景来比较，非常精彩的讨论！也只有在旅行中跟人互动，才能学到这么多。

我记得芬兰男孩一句话，让我印象特别深刻：

"世界上所有的国家都试图在找一个更好的方法。因为历史的关系，每个国家都站在不同的位置上，每个国家也都有他们自己的问题要面对。没有一个制度可以完美地套用在任何国家上，更不可能会有完美的制度，但是，现在看来，芬兰的制度，关于教育、社会平等、人道、政府清廉这方面，可以说是比较接近完美的。"

就像《海鸥食堂》的女主人说的："人都是会变的，只要往好的方向变就好了。"

国家也是吧！

一边聊天一边享用丰盛的早餐后，已经过了中午，而五月节还没结束。怎么能够在屋子里迎接阳光呢！五月节当然要到户外走走！Vappu 的另一个重头戏，就是到公园野餐。从第一口气泡酒到现在，酒精也没停过。公园里的人比昨天在街上的人更多，而且多了很多家庭聚餐，许多人甚至把家里的餐车、餐桌、沙发搬到公园同欢。老爷爷、老奶奶也穿上最体面的衣服，戴上他们学生时代的礼帽，到公园迎接春天的到来。

看着这些芬兰人的笑容，生长在亚热带的我，终于知道阳光的珍贵。的确是值得大肆庆祝的好日子！

庆祝完五月节，我们回到Maija的老家，因为这天Maija家族有一个年度大事，他们要到森林里伐木！

Maija家舍弃现代的暖气系统，坚持使用传统的壁炉来暖屋，于是每一年的这个时候，他们都会到森林里去砍树预备冬天使用。芬兰的树木就跟芬兰人一样，高高瘦瘦的，每棵树都保持着安全距离，你不打扰我，我不打扰你，但是唯有在一起，我们才能变成一片森林。

Maija的爸爸教我分辨死掉的树木，让我试着用锯木机砍倒一棵大树。他们相信我一定做得来，没有人在旁边要我"小心"，因为相信我一定会小心。把树砍倒后，Maija的姐姐和我一起用斧头把树上的枝干砍断，得砍得光溜溜的才行。之后，Maija的妈妈把树干截成运输长度，接着，十三岁的弟弟熟练地开着运木机，把木头运到森林外围。一家人就这样合作无间，伐木预备冬天用。

相较于前一天Vappu的疯狂，今天的宁静显得好不真实。

回到家，爸爸把桑拿热好了，Maija约我和她一起洗桑拿。九百度大近视的我什么都看不到，也因此不觉得害羞。Maija说，这个桑拿浴是她爸爸自己盖的，他们小时候就常常全家人一起做桑拿浴。一边说着，一边把水淋上滚烫的石头，热蒸气扑向全身的毛孔，把一整天劳动的疲累都蒸掉了。

我想，他们一定是因为太爱森林了，所以干脆把森林放在家里，这就是芬兰的桑拿。

为了阳光可以喝得烂醉，随时都可以在森林里住上一晚，只要有桑拿什么都好，无所事事的冬天就来发明好玩的游戏，对于芬兰政治的信任，这就是我的芬兰。

| For all the beautiful souls

送我们到机场的路上，广播刚好播着Monty Python（蒙提·派森）的 Finland, Finland, Finland（《芬兰，芬兰，芬兰》）。一直到今天，只要想起芬兰，我就会想起这首可爱又好笑的歌。

Finland, Finland, Finland.

The country where I want to be,

Pony trekking or camping,

Or just watching TV.

Finland, Finland, Finland,

It's the country for me.

You're so near to Russia,

So far from Japan.

Quite a long way from Cairo,

Monty Python

Lots of miles from Vietnam.

Finland, Finland, Finland.

The country where I want to be,

Eating breakfast or dinner,

Or snack lunch in the hall.

Finland, Finland, Finland,

Finland has it all.

You're so sadly neglected,
And often ignored,
A poor second to Belgium,
When going abroad.

 Finland, Finland, Finland.
The country where I quite want to be,
Your mountains so lofty,
Your treetops so tall.
Finland, Finland, Finland,
Finland has it all.

Oh focus on Finland friends

Finland, Finland, Finland.
The country where I quite want to be,
Your mountains so lofty,
Your treetops so tall.
Finland, Finland, Finland,
Finland has it all, Finland has it all...

原来我们害怕的，不是死亡，而是被
遗忘。只要一直被记得，就会一直活
在别人的心里。我们现在这么努力，
原来就是想现在这么努力，在我们彻
底消失了以后，确保自己不会被遗忘。

04

chapter

交错人生的沉淀

Survival Weekend（周末露营）

▷ ▷ ▶

　　每学期在捷克，欧洲国际学生联盟都会为捷克境内所有的国际学生，举办一个传统周末露营活动，叫作 Survival Weekend。就跟台湾的营队一样，每一期也会用不同的主题包装，这次是以"欧洲中古世纪"为主题。但其实主题只是让主办单位在规划游戏的时候有个题目可以发挥，来参加的欧洲学生只在意认识新朋友和晚上的party，根本不会管主题是什么，除了"他"以外。

　　他是斯洛伐克人 Janko。

　　第一天刚到的时候，加纳人 Pearl 就站在我旁边，她看起来很害羞。其他欧洲人熟门熟路地东吆喝西吆喝一下就找好同伴，有些依国籍分群，有些依照嗜好（抽烟、喝酒、大麻）分成一群，有些是本来就认识的一起来参加，像我们这种落单的实在是少数。我试探性地聊了几句，Pearl 也很友善地回应我，彼此维持这种礼貌的互动，一路散步到湖边。

　　没多久，希腊男孩和斯洛文尼亚男孩靠过来攀谈，除了把彼此名字念对花了一点儿时间，问的问题也无非是刚认识的人会交换的讯息。得知我来自中国台湾之后，他们就跟其他欧洲人一样，跟我说他们学校的台湾人是怎样……怎样……怎样……

"你们是不是不太喝酒？"

"我很少看到台湾学生抽烟！"

"上次我问一个台湾同学，他说他从来没有去过 club 和 party！怎么可能？"

"为什么在我们学校宿舍，台湾学生都自己一群，不太跟别的人互动？"

"那你们平常都在干吗啊？"

他们其实也只是敷衍地问一问，我也就敷衍地答一答。他们提议拍个照后，又找别人攀谈去了。欧洲人的社交能力就是这样训练出来的吗？

这时候，一个我从一开始就觉得有点奇怪的人加入我和 Pearl。

他也不问我们是谁，劈头就说："你们好，我是来自斯洛伐克的 Janko，你们知道这次的主题是中世纪吗？"我和 Pearl 相视，摇头。

"我好兴奋，我就是因为主题是中世纪才来的。虽然现在还没看到什么，大家可能都还没准备好，但是希望会有很好玩的东西！"他兴冲冲地说，看得出来他期待很久了。但是整个营队只看到一群喝醉酒、抽大麻、到处搭讪女生的男生，根本没有半点中世纪的影子！

他让人第一眼注意到的，是不修边幅的外表以及扎成一小束的胡子！虽然第一次见面还不熟就这样问很不礼貌，但我还是忍不住。

"你的胡子为什么要弄成这样啊？"

"这是中世纪剑士的一种象征，他们会把胡子留长，用粗铁丝捆成一束。"

　　"那你洗头会一起洗胡子吗？"

　　"哈哈哈哈，不会，我已经一年多没有把它拆下来了！"

　　第二个吸引我们的，是他身上的皮件。在 21 世纪居然还看得到
人戴着半个手臂长的皮制护腕："你的护腕好特别！"

"喔，这个是我自己做的，我去买皮把它剪成我要的样子，然后自己设计图案。我有我自己专属的LOGO（标志），然后打洞、上钉子，缝成这个活动式的护腕。"一问到这东西，他眼睛都亮了，一股脑地跟我们分享。

　　"是因为要来参加这个活动才戴的吗？"Pearl也好奇了起来。

　　"我从十五岁开始就戴着了，天天都戴，只有洗澡和睡觉才会拿下来。上礼拜我回我家，在公车上碰到我的初中同学，他说他是看到我的护腕才认出我来的喔！"

　　"你为什么要戴这个啊？"我和Pearl轮流发问。

　　"因为我是我们家乡的一个剑士，我们在练中世纪的剑法，这个是当时的剑士会戴的东西。"

　　我突然感到不妙，觉得Janko好像是一个重度御宅族，全副武装的、一心以为要来参加国际COSPLAY盛会，没想到却误闯一群酒鬼的化妆派对。

　　"该不会这个也是你自己做的吧！"我指了指他的腰包。

　　"对啊，这是我自己设计、绘图、手缝的。上面这颗牙齿是真的野猪牙齿！我出门一定戴着它，这个大小刚好可以放我的智能手机。"

　　野猪牙齿与智能手机，也太冲突了吧！！

　　"你看！这个腰带也是我自己做的，还有皮带上的金属扣环，上面的花纹也是我自己敲出来的！"

　　"不会连衣服都是你自己做的吧？"

　　"你怎么知道？"他眼睛都发亮了！

　　"这是我在书上看到中世纪人们穿的衣服，自己再模仿它做出来的！"他越聊越开心，好像找到了知音。

我和Pearl 再度相视，有着同样的好奇："那你是学什么的啊？"

"我念电脑信息工程！"他笑得很灿烂。

不知道为什么，我们三个在 Survival Weekend 的活动中自动变成一组，到餐厅吃饭一定会帮彼此留个位置。三个人如果有人认识新朋友，也会很兴奋地跟彼此介绍。

我们三个，一个欧洲人、一个非洲人、一个亚洲人，远离整个 Survival Weekend 的荒唐（集体酗酒、抽大麻、一夜情），建立起单纯又深刻的友谊。

隔天活动开始，他们分给每个小队一块布和一根木棍，要大家设计自己的队旗。我的小队里没有人会画画，于是决定一人一支笔，轮流接力。我忘了我贡献了哪一部分，但不知怎么的，不到五分钟，旗子上就多了一个又吸烟又嗑药、爱打架、没品位且带着暴戾之气的不良少年。

转过身去，Janko 那一小队的队旗，全权交由 Janko 负责，还没画完就吸引了所有人的注目和尊敬。大家都围过去看他表演，Janko 一边画一边解释着："因为我们这次的主题是中世纪，所以我就画了一只喷火龙。而捷克人非常以他们的啤酒为傲，所以我让龙的手上拿啤酒。最后，上面的八颗星星，代表着我们小队里的八个人！"多么雄赳赳、气昂昂、又美丽又有深度的队旗啊！

虽然 Janko 马上就明白了，这可能不是他想象的中世纪营队，但他仍然玩得很开心。大地游戏中有一关是射箭比赛，其他人连要射中标靶都有困难了，只有 Janko 一个人咻咻咻地三箭命中红心。他说，他的另一个兴趣是射箭，没事的时候就一个人去森林里射箭。

我觉得他会不会是像电影《穿越时空爱上你》的休·杰克曼，

/ Survival Weekend 的举办地点 /

/ 在 Survival Weekend 中我的队员 /

/ Survival Weekend 杨过画的旗帜 /

| For all the beautiful souls

偶然发现了时空隧道，从中古世纪跑到现代生活。如果他跟我说他已经七百岁了，我也一点都不会惊讶！

空闲的时间，我们到湖里划船。Janko 指着湖边红色废弃仓库墙上的一幅画，向我和 Pearl 说着捷克斯洛伐克地区的传说。

这个戴着帽子的人叫 Vodník，也就是 Waterman（水人）的意思。

Waterman 虽然有着人的长相，但是却有着水藻绿的皮肤，也长着鳃和蹼，而且常常是奇装异服。他们通常住在小湖或是池塘里，是那片水域的守护者。在斯洛伐克人的传说里，有善良的 Waterman，也有坏心的 Waterman。

Waterman 有时候会把人拖下水让他们溺死，然后搜集人类的灵魂，并把灵魂放在一个有盖的瓷罐里。这些瓷罐是 Waterman 的财富象征，搜集的灵魂越多，表示他越富有，在 Waterman 里的地位也就

/ Survival Weekend 营区墙上的 waterman /

越高。他们还会把它一罐一罐展示在家里，甚至也会用这些装着灵魂的瓷罐跟其他 Waterman 交易。

但是，当这些罐子被打开时，里面的灵魂也就自由了。

Waterman 平常好像还蛮闲的，喜欢坐在岩石上、柳树边，不然就是抽抽水烟、打打牌。如果有渔夫想要请他们帮忙的话，就会请他们抽烟，Waterman 就会帮忙把鱼群聚集在渔夫的船边。

我和 Pearl 都听得很入迷，原来这是陪着东欧儿童长大的故事啊！Janko 说完，问我，台湾有没有什么传说呢？我跟他说了水鬼变城隍爷的故事，他也听得津津有味。晚上在营火边，一直吵着要我再跟他说一些中国民间故事。

于是，我跟他说了"中国的莱戈拉斯①"后羿射太阳的故事。

"我好喜欢这个故事！你知道我很喜欢射箭吧！我现在在做一把自己的弓和靶。"不用说，连箭都是他自己削的。

"后来呢？后来呢？"Janko 追着我问。

我把我记得的东拼一片、西凑一点，再加上一点想象力，跟他说了后羿和嫦娥的故事，还指了月亮上的白兔给他看。

Janko 听完，又高兴又满足，跟我说了几个东欧地区的传说与童话，才依依不舍地去睡觉。

第二天清晨，一如往常地在湖边的木栈板上散步。Janko 说他在练剑术，因为他们的小镇每年夏天有一个很特别的活动——活棋节，他是里面的主要表演者，也是小镇上的艺术家。但他也很喜欢中国武术，大学的时候还练过太极拳，也喜欢看中国功夫电影，每次看

---

① 莱戈拉斯：小说《魔戒》中的人物。

到有什么招式，他都会自己跟着电影打打看。他没事喜欢蹲蹲马步、练练电影里师父要徒弟练的基本功，最想练的是轻功！

说着说着，他问，能不能帮他取个中文名字呢？

我最喜欢帮人取名字了！

Jan 音似"杨"，是捷克斯洛伐克很常见的菜市场男子名，我就大概认识了五个 Jan！

Jan 在捷克的昵称是 Honza，在斯洛伐克就叫 Janko。

我问过捷克人，为什么 Jan 在捷克叫 Honza，到了斯洛伐克就变 Janko 了呢？捷克人的反应是"Because he is a stupid Slovakian.（因为他是愚蠢的斯洛伐克人）"；当我拿同样问题问斯洛伐克人的时候，得到的答案居然也一样！"Because he is a stupid Czech.（因为他是愚蠢的捷克人。）"

其实这两国并不讨厌彼此，与其说是邻居，不如说更像兄弟。兄弟间彼此友爱，但又互相竞争，不过总是有一个比较得宠——捷克。

我说，Janko，你那么喜欢武术，那还不简单，就叫杨过啊！这名字再适合你不过了！然后我当然把杨过跟小龙女的故事从头到尾跟他说了一遍，他爱死了他的名字和神雕侠侣的故事，说他总有一天也要找到他的小龙女！

大家一起吃晚餐的时候，杨过逢人就说他的中文名字，还把神雕侠侣的故事跟大家说。这下可好了，所有人都来跟我讨中文名字了！

"我想要当一只 Happy Lion（快乐的狮子）！"葡萄牙人Duarte 说。

"好！从今天开始，你就叫杜乐狮！"

就这样胡闹取了几个人的名字，他们也玩得不亦乐乎，反复用怪腔怪调，逢人就说他们的新名字。

"你知道我们葡萄牙人觉得中国人怎么取名字吗？" Faisco 说。

"怎么取？"现在换我好奇了！

"在我们耳里，中文听起来铿铿锵锵的，怎么听都是 ching chang chong。我们老是笑说，你们在帮宝宝命名的时候，一定是拿着硬币丢出去，看它发出什么声音，小孩就叫什么名字！"

所有人都笑了！

这时有人提议，要不就这样帮 Faisco 取个名字吧！于是一伙人来到屋外，才发现没有人有硬币。一个西班牙人豪迈地把最后一口啤酒干完，朝着墙壁用力一丢！好大一声"咚"！然后"哐啷"碎了一地玻璃！大家你一言我一语地讨论这是什么声音，应该是什么字！最后，我们决定就叫 Faisco 先生"法东奇"！

因为有了这个取名字大会，当晚我顿时成了 Survival Weekend 的红人！来自不同国家的学生，也因此有了共同话题而越来越熟稔了。

Janko 跟我说，他一直觉得他的名字很不特别，在路上大喊 Jan，大概会有十个人一起回头。他的姓在斯洛伐克语里听起来跟青蛙叫一样，常常被笑，但是因为有了这个中文名字，他突然觉得自己的名字也没那么糟了。他觉得自己变得特别起来了！

当天晚上，我、Janko 和 Pearl 因为取名字的关系，认识了其他朋友，所以也难得地加入晚上的 party。不会跳舞的三个人在舞池中觉得别扭，但是三个人在一起又觉得好玩。我问 Pearl，非洲人都跳什么舞呢？Pearl 展现了一段加纳部落舞蹈，是模仿公鸡翅膀和屁股的舞蹈，非常有张力！其他欧洲学生看了，又纷纷围过来，要 Pearl 也教他们。于是，在烟味弥漫的电子舞池里，世界各国的人民回到了非洲之母的怀抱，用着公鸡的姿态跳着原始舞蹈！Janko 这时也不甘示弱地展示了他的拿手绝活下腰！从原本的站立姿，一点一点地弯曲膝盖，但上半身一直保持着笔直平衡，最后让背贴地，然后再用同样的姿势站起来！这个姿势需要非常强壮的核心肌群和身体平衡，大家目瞪口呆，要他一次又一次地表演，他也不厌其烦地一做再做。练家子杨过做起来一点问题都没有，前来挑战的其他欧洲学生则叫苦连天。只要有新的人进入舞池，马上就会叫杨过再表演一次给他们看。那天晚上杨过大概做了二十次这个动作！

我相信，他说平常都有在蹲马步是真的！

那天晚上因为我的中文名字、Pearl 的公鸡舞、杨过的下腰绝活，让本来在 Survival Weekend 一直被边缘化的我们三个，成为了大家注意的焦点。最后告别的时候，一个不熟的葡萄牙人特地跑来跟我说再见，还用一张白纸折了一只鹿给我当纪念，他说，我们三个人很特别。

原来，只要诚实地做自己，不用刻意地变成别人，就是一个特别的人。

圣诞节来的到底是谁？

▷▷▶

营队结束后，我们三个仍继续保持联络，杨过一直邀我到他的小镇玩。杨过的家乡叫 Banská Štiavnica，位于斯洛伐克中部的一个中世纪小镇。从捷克布尔诺（Brno）回到他的家乡，得先坐三个小时的车到斯洛伐克首都布拉提斯拉发（Bratislava），再从那里坐火车到一个小镇，再从小镇车站转小火车到 Banská Štiavnica，全程一共耗时七个小时，但他每两个周末就回家一次！

"没办法，我真的太爱我的小镇，而且我们周末有剑术练习，我不想错过！"他一点都不觉得每两周来回通车十四个小时有什么大不了的。

11月底，我接受了他的邀请，和他一起回他家乡去过"圣尼可拉斯节"（St. Mikulás）。

"你知道我们的圣诞老公公不是圣诞节才来的吗？圣诞老公公是 12 月 6 日来的喔！"

"那圣诞节来的那位是？"

/ 下雪的 Janko 家乡 /

"圣诞节来的那个叫小耶稣（Baby Jesus）！"

对啊，圣诞节就是耶稣诞辰纪念日，来的当然是小耶稣啊！

"那为什么在其他地方的圣诞老公公都圣诞节才来呢？"

"其实圣诞老公公的形象就是从圣尼可拉斯衍生出来的，是后来可口可乐公司根据他的形象做出了那个红白相间的胖老人，他才正式流行起来。"

我对这个圣诞老公公的原型圣尼可拉斯好奇了起来，要杨过给我好好解释。

"圣尼可拉斯节就是我们的儿童节，那天是属于儿童的节日。圣尼可拉斯会带着天使跟恶魔来，如果今年小朋友表现得很好，他就会让天使送他们糖果；表现不好的小朋友，就只能从恶魔那里得到煤炭跟马铃薯。"

在火车上，他一边跟我介绍圣尼可拉斯节，一边吃着在车站买的芥末花生豆，不知不觉就到了！

"今天晚上我要去我以前的美术教室帮小朋友画脸，还要表演火棍，你可以在我画脸的时候站在旁边吗？"

"为什么？"

"因为我长得太可怕了，小朋友看到我通常都很害怕。你什么都不用做，只要站在我旁边就好了。只要有一个小朋友愿意过来，其他小朋友就会被吸引过来了！"

"你确定他们看到不熟悉的亚洲人不会害怕吗？"

"哈哈哈，不用担心，你这么美丽，他们一定会很喜欢你的。我每次觉得眼睛累的时候，就会把视线放在你身上，让我的眼睛好好休息休息！"欧洲男生说起甜言蜜语都不用打草稿的！

那时候已入秋，寒风刺骨，整个小镇被浓雾包围。一到杨过家，

|For all the beautiful souls

杨妈妈热情地招呼我们，帮我把大衣外套、围巾拿下；杨爸爸说厨房里有晚餐还有热汤，吃饱了再出门。

"天啊，你把外套一件一件脱掉，我还以为杨过带了一个非洲难民回来啊，怎么会瘦成这样！"其实就是欧洲人比较大只，亚洲人比较小只，我又是亚洲人里比较小的，杨妈妈少见多怪。

杨爸爸为我们煮了东欧地区的家常汤 Gulash，在寒冷的冬天，没有什么比热腾腾的 Gulash 更能抚慰人心了！他还特地为我煮了米饭，不知道是不是品种的问题，斯洛伐克的米好硬，但是出于礼貌，我还是把它给吃完了。

吃饱饭后匆匆地到了杨过的美术教室，杨过说他已经好几年没有来到这里了，他还意外发现美术教室里陈列着他小时候的一件黏土作品。很多家长和小朋友都已经到教室了，教室里分成很多桌，每一桌有不同的美术游戏，有圣诞老人折纸、姜饼人制作、陶罐彩绘等，小朋友可以自由游玩。

杨过则坐在教室角落，把脸部彩绘的照片放在桌上让小朋友选。他说："照片也只是给他们参考用，我们这里的颜料根本不适合拿来画脸，而且也很简陋，没有办法表现出细节。"

"不过没关系，即使我画得一点都不像，小朋友还是会很开心，因为他们有想象力！"这句话像魔法一样，美术教室里陈列的小朋友作品都变得生动了起来！

画得差不多时，晚会也要开始了，"天使"悄悄地来到教室跟小朋友打招呼，慢慢地把小朋友引导到户外。一个穿着中世纪戏服的主持人开始问小朋友一些问题，例如："你们今年乖不乖啊？""你们知道等一下谁要来吗？"一边介绍着圣尼可拉斯的典故和历史。在主持人的酝酿下，小朋友的期待值达到最高点。

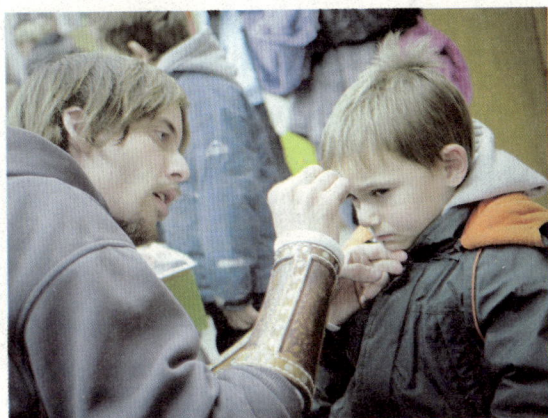

| For all the beautiful souls

没多久，马车踩在石板路上的声音嗒嗒地从远方传了过来，小朋友也难掩兴奋，引颈盼望。

"圣尼可拉斯驾到！"主持人煞有其事地喊着，让身着古装的圣尼可拉斯更像那么一回事儿了。圣尼可拉斯被认为是小孩的守护者，一下马车，不管小的、大的孩子，全都围了过来。他跟每个小朋友和蔼地打招呼，问他们乖不乖，也给他们一些祝福。主持人带着小朋友吟唱几首诗歌，歌颂圣尼可拉斯，气氛温馨又愉快。外面开始微微地飘着雨，圣尼可拉斯带着小朋友进礼堂内避雨。恶魔也在这个时候混入人群中，小孩们唯恐避之不及。圣尼可拉斯保护着小孩，带着天使发糖果给小朋友，然后说："今年大家都表现很好，明年也要继续保持喔！"就带着天使坐上马车潇洒地离开了！恶魔送不出马铃薯和煤炭也悻悻然走了。

好完整的一场戏！全镇的大人为了小孩精心设计这些活动，让小孩子当主角，孩子们也都相信这世界上真的有天使、恶魔还有圣尼可拉斯的存在呢！

杨过精心准备的火棍表演，因为下雨临时取消了。晚会结束，小朋友都回家了，我们帮忙把东西收完，步出礼堂时还是飘着小雨。

"都准备了，就让我为你表演一次吧。"杨过说。然后就把火点起来，在空无一人的广场上，耍起火棍，挥舞、转身、抛接，每一个动作都很流畅，是很有力量的表演，看来他真的练了很久。风很冷，气温很低，杨过表演完，手都冻僵了。

我心存感谢地看完了他的表演，心想，我应该在过去的一年表现得不错，圣尼可拉斯才会给我这么好的礼物吧！

晚上回到杨过家，我们和杨妈妈一边吃着车站买的芥末花生，一边看电影。他爸爸敲敲门，很不好意思地搓着手，欲言又止的样子。

"我做错了一件事，你要怎么处罚我都可以……"我们看来看去，不知道到底怎么了。

　　"今天为了你来，我特地做了米饭……可是刚刚，我才发现原来我没有把它煮熟，所以吃起来硬硬的，真的太丢脸了，简直是国际奇耻！我愿意接受任何惩罚……"

　　我们三个大笑！原来我硬吃了一大碗没有熟的米啊！

　　"好吧！那下次我来的时候，请你教我煮 Gulash！"几个月后，我在一个雪夜再一次来到 Banská Štiavnica 时，等着我们的，依然是热腾腾的 Gulash 汤，还有杨爸爸手写的私房食谱！

重新爱上自己

▷ ▷ ▶

　　如果有任何一个东西可以为"文创"下一个定义，我会说是在斯洛伐克一个小镇上的活棋节。

　　Banská Štiavnica 每年夏天都有一个盛大的庆典，叫活棋节，这一天欧洲地区很多剑术团会打扮成中古世纪模样，到这里进行比武。活棋节就是让棋子活过来的节日，每一年欧洲地区最厉害的西洋棋大师会来到这个小镇，蒙着眼睛在舞台上下棋。这表示这两个大师都要保持极高的专注力，要全程记得自己和对手的所有棋步才有可能获胜。在舞台前有一个大型广场，广场上有一个巨大的棋盘，上面分别站着两队剑术团，代表着两方的棋子。当棋手开始下棋时，广场上的剑士会跟着指令移动，等到两棋交锋时，就是剑士比武的时候！这些剑士都训练有素，按照特定的步伐和招式决斗，虽然只是意思意思的表演，不是真的打打杀杀，但是为求逼真，每一个剑士还是铆足劲儿全力打斗，所以如果平时练习得不够扎实，很容易受伤。在活棋节，不仅可以看到国际西洋棋大师的蒙眼竞赛，还可以看到武术表演，因此每年都吸引了不少观光客来到 Banská Štiavnica。

活棋比武结束后，可以到另外一个场地和获胜的棋手下棋。西洋棋大师一个人同时和好几十个人下棋，大家专心地坐在桌前，大师从容地走来走去，了然于胸地下着几十盘棋。

在活棋节期间，每天会有不同的表演和游行，都是仿照传统进行。通过这个活动，重现小镇的历史与活力。广场上也会有小镇的艺术家前来摆摊。每年这个时候，就是 Janko 最忙也最开心的时候了，因为他既是活动的组织者，也是表演者，更是多才多艺的艺术家。他的摊位上有他画的油画、亲手缝的皮雕作品、用当地矿石与铁丝手工做成的珠宝、大大小小的木雕、他亲手焊的盔甲……我想这世界上大概找不到 Janko 双手做不出来的东西！

看到 Janko 热爱着他的家乡，着迷于小镇的历史、文化和传统，我才惊觉我对我生长的土地一点都不了解，也从来没有想要去了解，更不用说付出了。

Janko 教会我喜欢自己、了解自己、认同自己的土地有多重要！在历史演进下，全球化与现代化的趋势让传统文化式微，甚至还被认为是一种迷信与野蛮的象征。但是，在斯洛伐克的一个小镇，Janko 让我看到，原来一个爱自己土地的人，才是最有魅力、最独一无二的人；越想要摆脱自己文化的泥土，穿上外来强势文化的便宜 T-shirt（T恤）的人，才是最无聊、最平庸的人。

学习信息工程的他，可以每周花七个小时搭车回家，就是为了和儿时玩伴练习剑术，不时到旧城堡穿上中世纪古衣为观光客表演，而且乐此不疲。他可以到旧书店翻找发霉的泛黄书页，就为了研究与重现小镇失传的珠宝制作技术。我说我要学斯洛伐克语，他教我的是几乎失传的美丽古语。他对小镇的了解比任何人都多，讲起镇

|For all the beautiful souls

上的历史故事，眼神散发着光芒，到哪儿都带着中世纪剑术的皮革护腕、留着长长的胡子、穿着怪怪的衣服。对于别人异样的眼光，他也丝毫不在意，但只要你问起，他会竭尽所能用最好笑的方式，向你宣传他那美丽又传奇的小镇。

我也发现，不只是 Janko，我的另外两位好友 Mateja 和 Patrick 也都深深以自己的土地为傲：读人类学和哲学的 Mateja，因为专业和兴趣，研读了很多历史书籍，甚至暑假到过旅行社打工，跟外国人介绍自己的国家。我第一次到克罗地亚时，她说她大概是我找得到最了解克罗地亚的人了！专业是土木工程的 Patrick，平常的嗜好就是看历史纪录片，还特别喜欢看有关"一战"和"二战"的纪录片。他还特地带我和几位国际学生（分别来自法国、巴西、秘鲁）到柏林，深入昔日东西德的历史暗巷，挖出只有德国人才知道的秘辛（还有只有德国人才知道的最好吃的香肠和啤酒）。

跟他们在一起，总有听不完的故事；到他们国家拜访他们时，他们也都是我最好的导游。不论我问关于他们国家的什么问题，他们总是可以把来龙去脉交代得清清楚楚，即使不知道，也一定会查完之后再告诉我。而他们对于了解世界的旺盛求知欲，也逼得我要不停地思考自身的文化。我常常被他们问倒，回去还要一直在网络上查资料，想办法回答他们的问题。但是通过和他们的相处，我发现，我不仅越来越了解这个世界，不管是在时间轴（历史）或空间轴（地理）上，也更了解自己的文化了。

/ Janko 的手工作品 /

|For all the beautiful souls

人生的富足

▷▷►

Janko 大概是我见过最富有的人了。

Janko 的爸妈都是学校老师，但是在斯洛伐克，老师并不是个高薪的工作，因此他爸爸晚上还会额外兼做家教，妈妈也必须在晚上帮电视台打逐字稿打到半夜，攒点钱贴补家用。Janko 每次领钱都是几百块、几百块捷克币地领（不超过一千台币），不是他不想多领一点，而是领完这几百块捷克币，户头就没钱了。但只要他一有闲钱，就会去买做珠宝、作画要用的材料，也会买便宜的木头和皮革回来做手工。

虽然经济条件不富裕，但他却是我见过最愿意分享的人。他分享的是他的拥抱、他的故事、他的热情、他的照顾、他的心意，只要是他有的东西，他都愿意分享！有这样丰富的内在，还能让这些内在自在流动，不管谁跟他在一起，都会被他的正能量感染！

在我要离开布拉格的前一个礼拜，他刚好完成他的论文，奶奶准备送他一份礼物，问他想要什么。他说："可以给我钱买车票吗？

我想在苡弦离开欧洲前去布拉格找她。"他后来在 Pearl 生病的时候，也把他暑假摆摊赚的钱拿来买了车票，到医院去看 Pearl。

他来布拉格时，我们到河边一个公园写生。我说："Janko，难道你都不担心吗？关于钱。"他说，他记得爷爷曾经跟他说过一句话："我这辈子没赚什么钱，但是我得到了所有我想要的东西。"

他说："我也会像我爷爷一样！我觉得我这辈子可能也不会很有钱，但是我会得到所有我想要得到的东西！"

这句简单的话就像一把神奇钥匙，一下子打开了心里的牢笼，我自由了。

原来，真正的快乐不用金钱购买；原来，分享让我们不虞匮乏；原来，不用拥有就能付出与给予。

◆ 人助小笔记：学会说自己的故事

　　这几年跟外国朋友相处下来，我发现越了解自己文化的人、越懂得说自己土地故事的人，越能跟这世界对话、越容易交到外国朋友。想想看，当我们到国外时，遇见两个当地人，一个一问三不知，另一个不管问什么都能用你听得懂的方式跟你解释，你会比较想跟谁做朋友呢？所以，能够跟外国朋友变朋友，熟知自身文化也是一个很重要的能力。

　　说自己的故事，不仅要了解自己文化和对方文化的差异，还要把自己从自身文化中拉出来，通过创意或类比，用对方能够听得懂的方式解释。尤其是遇到和我们属于不同文化圈的朋友，还要学着用正面的方式向他们解释有些看起来像是迷信、却有它存在原因的地域文化。

Mateja 来信

我彻底迷失了

亲爱的苏弦：

我在伦敦旅行。我觉得我好像被卷进了一集《哈利·波特》，感觉挺不赖的！但是关于伦敦，我不太喜欢这里分明的社会区隔，你可以很明显地看出来有些区域、商店、交通是专门给有钱人的，而某些地方是专门给穷人的，而这些人大部分都是移民。

我在这里的时候，突然意识到一件事，而且是最重要的一件事：我必须要面对人生现实的残酷了。初抵伦敦的第一天，我又收到了一封香港大学的拒绝信，说我的奖学金没有通过申请审核。（what a surprise!）事实上，我想我也不可能拿到任何奖学金了，因为我正在做，还有我想要做的研究，看起来没有任何市场潜力。在伦敦，就像在香港一样，你做的工作跟你的学历常常完全是两回事，可是克罗地亚不一样，如果你没有相关学历证明，你根本找不到工作。这是我不喜欢克罗地亚的一点，也是让我决心出走的原因。也就是说，我会离开克罗地亚找工作，可能是欧洲其他国家，但我更想去亚洲。我想过日本，不过目前看来，香港的机会和可能性大一点儿。

我已经失业很久了，我很绝望，我彻彻底底地迷失了，也边缘化了。没有奖学金的话，我根本没有办法继续我的博士研究，寄给许多大学教授的信也都石沉大海。我需要开始工作，什么工作都好。

所以结论就是，我不会再继续申请任何奖学金了，也不想浪费任何时间等待这些没有结果的结果了。对我来说，我现在的选择有限，而且正遭逢我人生中的低潮。我感觉糟透了，这就是我的人生。

抱歉写了这么长的信打扰你，我知道你很忙，只是想要跟你分享最近的一些想法，希望你一切都好。

Mateja

墓园里缓缓流淌的时光

▷▷▶

　　Mateja 到我家的时候，她说她想要看看台湾的墓园，我妈妈听了马上摇头。但是Mateja说：

　　"我在克罗地亚做过葬礼的专门报告，知道欧洲各地传统的葬礼仪式，有时候做田野调查，还得睡在坟墓旁边呢！其实你要了解一个当地人的生活方式，从他们看待死亡的方式就可以略知一二，我知道死亡在你们这里是个禁忌，但是我真的不怕，带我去吧！"

　　隔天我们去了一个乡下的公墓。

　　一踏进墓园便有一种荒凉感，上次来已经是几年前的清明节，我也从来没有在其他时间来过。这里许多墓都已经年久失修，照片虽然还清晰可见，却也蒙上一层灰，大部分的献花都已经枯萎，墓前枯叶被风刮起又落在另一块墓碑前，土堆上的草也都已经枯黄。

　　好冷清。

　　在一个角落，一位老人家一个人捡着骨。

　　好学的Mateja当然又开始东问西问，我们聊了神鬼观、祭祀观，还有葬礼的形式。

"这里的墓园跟我家那边的感觉很不一样，从小我爸爸就很喜欢带我去墓园散步，跟我说这家人是谁，那家人是谁，也常常可以看到坟墓上摆着新鲜的花，都整理得干干净净的。

"我很喜欢墓园，觉得那是一个充满很多爱与回忆的地方，而且很适合思考人生。跟死亡面对面地思考，走在死亡里的哲学：既然到头来都是这样，那到底什么是重要的呢？"

和爸爸从小在墓园散步的习惯，会不会是让Mateja走上哲学与人类学这条路的原因呢？

圣诞节的时候，布拉格的国际学生都回自己国家过节了，其他台湾学生也早就规划好到其他地方旅行。Mateja说圣诞节是属于家人的节日，他们就是我在欧洲的家人，叫我一定要过去和他们一起过节！所以，我在圣诞节前一周又搭了同一班十小时的夜车到了萨格勒布。

上次来克罗地亚是夏天，生机勃勃的夏天。那时候刚回到克罗地亚的Mateja把生命活得那么确定，虽然四处碰壁找不到工作，但是她的生命才刚开始，她相信她一定会找到适合她的路。

这次到克罗地亚过圣诞，一下车先被冷风刮了几个巴掌。裹在厚厚大衣里的Mateja，看到我还是很开心，但是我感觉到有好大一片乌云笼罩在她的头顶上。

Mateja从台湾回到克罗地亚半年，也整整失业了半年。克罗地亚的经济从来没好过，在金融海啸之后更受打击，失业率攀升到30%。不仅找不到工作，想要继续到亚洲念博士的她申请学校也不甚顺利，整个人郁郁寡欢。

"我全搞砸了。"她说了好几次。

整个克罗地亚充满了经济萧条的浓重忧郁。圣诞夜，我们一起去教堂，原本该是欢腾的子夜弥撒，居然有几分葬礼的萧瑟。就连儿童吟唱的诗歌，听起来也像在朗读讣闻，人们的招呼不若以往的热络亲切。Mateja 说，一切都变了，以前不是这样的。

以前的 Mateja 也不是这样的，我觉得她好像跟着克罗地亚一起沉没了。

2012 年的最后一天，也是我在克罗地亚的最后一天，她问我还想去哪儿，我说："我们去墓园走走吧！"

她带我来到这个被誉为全欧洲最美丽的墓园——Gradoska 市立墓园。墓园里有人在慢跑，有人带着狗来散步，就好像一座美丽的公园一样。

我们一边散步，一边聊着两个人的改变，聊人生、聊无奈。有时候就是停下来，看着埋在一起的一家人的照片，数着死亡日期，想象他们生前的生活。

许多墓上都可以看见思念的痕迹，有人用无花果排成一颗心，有人把红色的玫瑰花瓣洒满了坟，有几根蜡烛在风中摇曳不愿熄灭，有盛开的花也有枯萎的花。想念一个人可以多久呢？思念可以多长呢？

我们在一座坟前停了很久很久。那是一个女人的墓，墓前放了一个板凳。

"老太太过世了，在他们结婚六十七年后。

"因为实在太想念她了，一个人实在难受，老先生搬了一张板凳放在老太太的墓前，每天清晨吃过早餐，就牵着狗，带着一本书到这里读，也不是念给她听，就是静静地读着自己的书。看到一个

| For all the beautiful souls

段落，就抬起头来对着石碑上的照片笑，好像又看见了老太太，就像他们过往的默契，相视而笑。

"有时候，他也会一直说、一直说、一直说，说年轻时的事，说昨天晚上的事，说他心里想的事。

"老先生过世了，在老太太过世后两年，那张板凳，就一直空着了。"

我和Mateja站在这个墓前，你一句我一句地说完了这个故事。

这是整座偌大的墓园里，让我停驻最久的地方。我死了之后，也会有人愿意搬张板凳来陪我聊聊天、说故事给我听吗？还会有任何人记得我吗？如果没有，死亡又代表了什么？死了就是死了，就像你未曾存在过一样。

原来我们害怕的，不是死亡，而是被遗忘。只要一直被记得，就会一直活在别人的心里。我们现在这么努力，原来就是想现在这么努力，在我们彻底消失了以后，确保自己不会被遗忘。

回程的时候，她爸爸说："不要害怕靠近死亡，到墓园一点都不可怕。死人有什么好怕的，真正可怕的是活人。"

必须真的经历过了什么，才能有这么深的体悟吧！

坐在车里，我感觉到Mateja轻松了许多。我打开窗户，让冷风灌进车子里，Mateja也这么做。

我在后座把头靠在窗户上，跟她说："你不觉得很好吗？在今年的最后一天我们来到这里，把过去所有的悲伤、不顺也一起埋葬在这里。离开后，又是一个新的开始，新的一年、新的我们！"

我终于看到她久违的笑容。

"没错，埋葬过去的我们，新的一年、新的我们！"她给了我一个大大的拥抱。

"Mateja，我觉得你以后可能不会很有钱。"我认真地看着她，跟她说。

她还没听我说完，马上不甘示弱地说："你怎么可以这样说！你又还不知道未来会怎样，怎么可以就这样断言我不会有钱呢！"

我没料到她会气呼呼地反驳。

"你别急，先听我说完嘛！我的意思是，像我们这样的人，又傻又固执，以后可能都不会很有钱，但是呢，只要是我们想要的，就一定能够得到。"这是 Janko 说的。

"你说得很对，我们追求的不是价格，而是价值。我们或许都不会很有钱，但是生命会给我们任何我们想要的东西。"

她又补充："我真的不用很有钱，只要有钱足够让我去支持那些好的事情，像是有机食品、不用动物实验的化妆品，还有一些有很好理念的商品。每个月可以和我的朋友一起到比较好的餐厅用餐一次，一年可以出国旅行一次，我就心满意足了！你呢，你想要什么？"

我不需要很有钱，但是我会得到任何我想要的。

"我要一个很富有的老公！"

"哈哈哈哈哈，对对对，这样就够了！"然后我们一直笑一直笑一直笑！

两个月后，收件夹里躺了一封信，Mateja 说她申请到香港大学博士班的全额奖学金了。

Mateja 来信 / 香港大学的通知信

亲爱的苏珊：

我现在在Marija这里帮忙，她以前工作的旅行社有一场大活动，我来打工。嗯……我今天去约会了，如果一起喝下午茶算是约会的话。我们是一次开会认识的，他在活动企划的公司上班，我们跟他们谈赞助。一起开会之后，我们用email保持联络，很快地，我们开始聊不是公事的话题。我也不是真的喜欢他，心理和生理上暂时都没有这方面的需求，不过他长得蛮帅的（不是你喜欢的型）、很聪明、事业有成、人也很好，所以当他约我去喝咖啡的时候，我说，为什么不呢？但我到现在对他都还没有那种感觉，而且说真的，我不觉得我们之间有任何可能。他是个工作狂，责任感蛮重的，也不太像是会跟女生随便来的人。但至少我可以测试一下我的"感情能力"，哈哈哈哈……

我从英国回到克罗地亚的时候，所有绝望的感觉又回来了，这里不是可以发得潜力的地方。克罗地亚是个绝佳的度假胜地，但不是个适合生活的地方。我恨透了克罗地亚政府的贪腐、体制的残破，一点都不想待在克罗地亚，随时都想离开这里。但是我没办法不爱克罗地亚，她太美了，美过世界上任何一个地方。上帝是公平的，她给了我们最烂的政府，却给我们最好的自然美景。从台湾回来之后，我的视野已经变得更开阔了，我需要更辽阔的天空。

　　谢谢你的担心。不过从现在起，你会有好一阵子收不到我绝望的来信了！就在我彻底绝望了之后，我收到一封来自香港大学的通知，他们说我拿到博士班的全额奖学金了！！也就是说，从今年秋天开始，我会再度回到亚洲，这次至少会待上三年，这也表示我会有很多机会可以到台湾，还有日本了！

　　我真的很开心，但是也很担心这一切都不是真的，每当有好事发生在我身上的时候，我总是会设想一些可能发生的障碍，谁知道会发生什么事呢？well，先别想这个了，现在，我为我自己感到骄傲，也更相信我自己正在做的事了。

　　希望你一切都好，给你最温暖的拥抱，还有，我想你。

Mateja

选择与承担

▷ ▷ ▶

我想，Mateja 教会我最重要的一课，就是"选择"与"承担"。

希腊神话里宙斯有一个私生子叫海克力斯，他有着天生的神力，是个大力士。有一天，两位女神向他走来，一位是美神维纳斯，一位是智慧女神雅典娜。

维纳斯以美女和安逸的生活诱惑海克力斯，承诺给他无忧无虑且享用不尽的荣华富贵；另一条路的雅典娜承诺，通过重重的考验和艰辛之后，他会变成一个受人景仰的大英雄。海克力斯没有犹豫太久就选择了雅典娜，踏上布满荆棘的英雄之路。

西方还有很多关于"选择"的文学作品，就像美国诗人罗伯特·佛洛斯特（Robert Frost）那首有名的诗说的，"森林里分出了两条小径，而我，选择了人烟罕至的那条，这让我的人生从此不同。"

Two roads diverged in a wood, and I,

I took the one less traveled by,

And that has made all the difference..

电影《大鱼》（*The Big Fish*）里也有一幕谈到选择。伊万·麦克格雷格饰演的主角带着巨人离开他的家乡后，遇到的第一个分岔路口，就很像海克力斯的两个美女和佛洛斯特的森林小路：一条路绿草如茵，平坦笔直地向前蔓延；另一条路则通向恐怖森林，看起来危机四伏，也看不到终点。他挺着胸膛，选择了看不到尽头、充满冒险的黑暗小径，让他的旅途从此不同。

我们的环境，不太鼓励"选择"与"勇于承担自己选择"的人生态度，倒是有很多不管怎样先"更上一层楼"的教育。在考大学的时候，面对像自助餐菜色一样多的大学科系选择时，学校与社会的统一指导方针也是尽力拼命地往上爬，选择顶尖大学，选择热门科系。我能理解，在历史地理等时空的演进上，不同国家的处境与年轻人所面临的时代挑战毕竟不同，但是我该如何消弭这种不平衡感呢！两种不同的人生态度"不管怎样先努力再说，无须选择"和"要努力，但是也要选择"，就好像爬楼梯与爬树。

爬楼梯的人，虽然不知道最高的那一层楼是什么，但是他眼前就只有这条路，而且身边的所有人都在爬，也都叫他使劲地往上爬，爬得越高越快的人就获得越多的掌声。在这样的爬楼梯比赛中，效率很重要，人生的进度刻不容缓，得在第十八层楼就念大学，第二十五层楼就有个稳定的工作，最好在第三十五层楼以前就结婚生子。在第五十层楼的人还会停下来看看那些在二十几层楼的人，骂他们动作慢吞吞、好吃懒做，"想当年我在爬二十几层楼的时候啊……"

有些人在这栋看似无止尽的大楼里爬楼梯，爬到一半的时候，觉得实在没意思，于是决定去户外走走，发现有另一群人，他们不爬楼梯，他们爬树！

爬树的人，在喜欢的枝干上爬呀、玩呀，有时候还自己做秋千，荡得不亦乐乎。如果爬着爬着发现这似乎不是他要的那根枝干，就再往别的枝干爬去，之前在另一根枝干攀爬长出来的茧和学会的攀爬技巧，让他更能驾轻就熟地在其他枝干中穿梭自如。春天到了，他们欣赏花；夏天到了，他们挥洒着汗珠，探索枝干上的每一种可能；秋天到了，他们采收果实；冬天到了，他们自力更生度过酷寒。

本来爬楼梯的那些人，在树下看久了，也想爬爬自己的树。这时候，还在大楼里的人透过窗子大喊："很危险啊！你疯了吗？你会擦破皮，会被热死或冷死，还有可能会摔死！快回来爬楼梯！你已经辛辛苦苦爬到第三十层楼了，别让其他人担心。"

但是，这些人真的很想试试自己爬树，同时又害怕大楼里的人说的是真的。

不管是爬楼梯还是爬树，都是向上，却是不同的向上。爬树的人要面临很多选择，但是他们对自己的每一个选择负责；爬楼梯的人看似没有选择，但其实每个人都做出了选择。

我以前认为，"选择"是选择你想要做的事，但现在我觉得，"选择"其实是选择每个人的"承担"。

选择冒险、做不一样的事的人，表示他们愿意承担来自家庭的不谅解、社会大众的非议，以及在这条路上的孤独、未来相对不可知的风险……不愿意承担的，则是面对死亡时的遗憾。

选择稳定、安全的人，表示他们愿意承担那些被压抑的梦想、为家庭的牺牲、生活种种的无奈……不愿意承担的，可能是改变后的不可知。

虽然在台湾的教育里，"努力精进"与"服从权威"是道德教育中重要的品格衡量标准，但是在向上的这条路，我们可以提供更多的选择，意识到不管是爬楼梯或爬树，我们都做出了自己的选择，并学习如何为自己的选择负起全责。

其实，不管是哪一条路，人生都不会好走，没有维纳斯那条安逸着享尽荣华富贵的路，也没有一路笔直平坦的道路。不管是爬楼梯还是爬树，都会流汗，也会流泪，不如，就选择那些你可以承担的吧！

|For all the beautiful souls

不要在意你从哪里来、你长得怎么样、
你有什么样的过去。最重要的是，你
是一个什么样的人，而你知不知道你
到底想做什么！

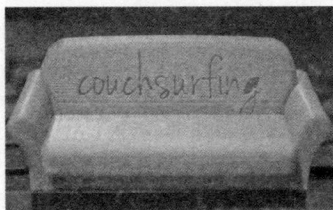

•••
05
———
chapter

couchsurfing

人助旅行之沙发冲浪

通过沙发冲浪交朋友

▷▷▶

虽然不一定每个人都能够认识外国朋友，但是人助旅行时代有一个便利性，就是现在时兴的共享经济，例如：沙发冲浪、共享厨房。

如果真的没有机会认识当地朋友的话，沙发冲浪是一个很好的替代方案！

沙发冲浪（Couch surfing）是人助旅行时代的开端，世界各地注册者在网站上免费提供沙发（有时候不一定是沙发，也可能是地板、和主人分享一张床，甚至有可能会有自己的一间房间），和陌生旅人短暂分享他们的生活。

旅人可以在旅行前，上网搜寻当地愿意免费提供住宿的主人，通过信件来往确认后，到当地就能够住进当地人的家。

沙发冲浪的网站上说：

沙发冲浪不仅提供旅人免费落脚地，更是一个串连世界文化的平台，借由陌生主客的异文化接触，产生交流了解，甚至从中重建

对陌生人的信任感与互助分享的精神，最后达到沙发客的终极目标
——世界和平。

对于我来说，沙发冲浪从来都不只是免费住宿，更重要的是它能让我看见在当地生活的人，通过跟他们聊天，更深入地了解当地文化。

身为沙发主人，在沙发冲浪网站上，我最常利用的反而不是住宿功能。网站上除了提供住宿的选项之外，你也可以选择和来自世界的旅人喝杯咖啡，或在自己允许的时间内带他到处逛逛。

我常常觉得，旅行是一种心情。每次和这些沙发客见面，就好像在那几个小时，通过他们的眼睛，重新看待这块土地；也通过他们的分享，让我觉得好像到他们的国家或他曾经旅行过的地方绕了一圈。我更喜欢把我当时在生活中的烦恼、感想和他们分享，问问他们的看法，让他们可以帮助我跳脱框架思考。

每次见面前，我也会读读最近发生在他们国家的新闻，和他们讨论当地人怎么看待这些事情，让自己不要被媒体拉着走。而且，每个月会有几次可以把自己身为社会人的种种标签拿掉，舒舒服服地做自己，也算是一种心理疗程了！

有空的话，可以试试用沙发冲浪认识新朋友，说不定哪一天，你也有机会到他们家去作客呢！

我到日本旅行的时候，就是用沙发冲浪来进行我的人助旅行。

独居在现代社会已经渐渐变成一种常态，尤其是在日本这个重度高龄化的无缘社会。所谓的"无缘"是指无血缘、无地缘、无社缘；而人情淡薄、不再有交集的社会，就是"无缘社会"。

|For all the beautiful souls

上野千鹤子的《一个人的老后：随心所欲，享受单身熟龄生活》以及克林南柏格的《独居时代：一个人住，因为我可以》，都揭露了未来社会的趋势：一个人，不再是因为不得已；单身，是为了更快乐；独居，是自己选择的生活形态。

在《独居时代》一书里就提到：十年内，全球独居人口增加了33%。美国有1/7的人独居，大多集中于都市。全球独居比例最高的四个国家是：瑞典、挪威、芬兰、丹麦（有40%至45%为独居）。传统社交生活仰赖家庭为基础的国家，如日本，则约有30%的独居人口。

因为现代生活便利，集体主义社会逐渐过渡到个人主义的影响，个体经济独立，对于婚姻制度的不信任，越来越多人选择自己一个人生活。

到日本沙发冲浪的时候，我才真正见识到顺着独居趋势应运而生的社会新生活形态。

Masa桑是住在京都岚山的一个资深沙发冲浪客，他的老家在兵库县姬路市，在京都已经待了十多年。

Masa桑今年四十三岁。四十岁那一年，他把工作辞掉，一个人背着包、买了欧洲火车套票，跑到欧洲自助旅行了三个月，总共去了二十三个国家，90%都是以沙发冲浪的方式旅行，住在世界各国当地人的家里。

问他最惊险的经验，他说他曾经在奥地利住过一个同志的家，一回到家，对方就把衣服脱光光随意活动。晚上要睡觉的时候，甚至还脱光光钻进Masa桑的被窝，对他动手动脚。但是，在Masa桑表明不愿意后，对方也就没有下一步的举动，两个人就这样同睡一张床也相安无事到天亮。

结束欧洲旅行，回到日本不到几个月，Masa 桑的旅行瘾又犯了，这次他选择东南亚，一样也是用沙发冲浪的方式，花三个月的时间旅行了九个国家！

他说，他的梦想就是在全世界每个国家沙发冲浪一次！他的家里也摆满了各种环游世界的书籍。

Masa 桑在世界各地冲浪后，回到日本也开始接待其他国家的沙发冲浪客。他说，虽然他在京都住了十几年，但是以前不太喜欢京都，对京都的历史也不太了解。自从开始接待沙发客后，为了要回答世界各地旅客对京都的种种疑问，他开始了解京都，也慢慢爱上了京都！在他家里有数十本京都的旅游介绍书籍、杂志，数不清的散步地图，还有公车路线图。

我睡在有纸隔门的榻榻米房间，里面有各种健身器材，因为 Masa 桑想参加极地马拉松，所以要时时锻炼，让身体保持在最佳状态。

我常常一个人出去逛逛，回来问他好多问题，他都能够很详尽地回答。他说，很多沙发客都只把沙发主人当成免费饭店，但这并不是沙发冲浪的原意。

"我接待这些客人，是因为我想要练习英文，而且也想要通过这些来自不同国家的人看看世界。如果一回到家，就躲进房间里，也不跟我交流，那我为什么要接待他们呢？"

Masa 桑说我是个很好的沙发客，因为我喜欢聊天。

我一共住在 Masa 桑家四天，第三天的时候，有一位俄罗斯沙发客联络到他，问他愿不愿意一起去葵祭①，Masa 桑也约了我一起去。我们后来才知道这位女生居然曾是前苏联 KGB（克格勃）成员，赶紧

---

①葵祭：又被称作贺茂祭，是京都市下鸭神社和上贺茂神社的祭礼。

|For all the beautiful souls

作势下跪，如有冒犯之处请多多见谅，但是不要暗杀我们。

看完一年一度的葵祭，Masa 桑和我们一起去银阁寺和哲学之道。我们说，京都市政府应该颁各大古迹通行证的 VIP 给 Masa 桑才对，因为他接待的沙发客不计其数，不仅让他们住进家里，还常常身兼导游陪他们逛京都，光是金阁寺、银阁寺、清水寺，他每年都至少要来五十次！

通常回到 Masa 桑家，他已经开始吃晚餐，我吃着路边买回来的便当，和他一边吃一边聊天。

Masa 桑的晚餐都很简单也很日本：一碗白饭上面淋点东西配上纳豆就是他的主餐。每天的汤都是用筷子夹一小坨味噌，加点海带、冷冻牛蒡，倒入热水的速食味噌汤，我在他旁边吃着生鱼片便当都觉得有点不好意思。我问他，像他这样蔬菜水果都没吃到，好吗？他说他每天都会各喝一罐果汁和蔬菜汁，营养很均衡！

待在 Masa 桑家的最后一天晚上，因为看他喝了太多天的速食味噌汤（虽然他习以为常），所以决定要煮一大锅味噌汤答谢他的招待。我们去附近超市采买食材，回到家，他突然提议要烤章鱼烧！我的日本朋友曾经跟我说过，关西人的家里一定都会有烤章鱼烧和大阪烧的器材，听到 Masa 桑这么提议，我当然二话不说就答应了！

回到家打开冰箱，才发现 Masa 桑家里有好多冷冻库存！青菜炒虾仁、葱爆猪肉、麻婆豆腐等各种冷冻即食食品。他说，为了节省时间让他可以看更多书、有更多时间可以健身，所以在食物方面，他讲求快速方便，不想在"吃"上面花太多时间。这些食品都是放到电锅里跟饭一起加热就可以吃的东西，完全不用再额外料理。

他还说，今天是他这几年来第一次上超市。一番沟通之后，我才知道他所有的生活用品都是网络宅配服务！

/ 京都随拍 /

日本有好几家网络百货宅配公司，各家种类齐全，所有你想得到的菜色、所有你想得到的物品，上面都有卖。"京都生活协同组合"就是 Masa 桑最常逛的网络商店，他们会定期推出商品目录，通过网页就能在目录上点购生活必需品。

　　因为有网络宅配的关系，即使超市就在他家隔壁，他也从来没有去过，他生活上需要的东西都是直接宅配到家门口。如果里面有冷冻食品，也会用特制的保冷箱保存，可以连放着好几个小时都维持冷冻的状态。而且这些商品通通免运费，仔细比价也可以买到比实体商店还要便宜的东西。

　　Masa 桑每个礼拜都会在日本几家网络大型宅配商店上购买该周需要的东西，包括各种一人份冷冻食品、水果。他说他会注意营养均衡，今天吃鸡肉，明天就吃牛肉，一箱又一箱的蔬果汁，甚至是卫生纸、沐浴乳、洗发乳、饮用水、其他各式各样的消耗品、非消耗品，他都会从网络商店购买。

　　他还亲自为我示范了一次线上平台操作，在我面前把他下礼拜的所有补给品都买好了！

　　等他解答完我所有疑问之后，我们才开始烤章鱼小丸子。烤这小丸子需要用到的面浆、锅子、搅拌器、油，也都是从网络购买宅配到家的。Masa 桑说我煮的味噌汤很好喝、很地道，比外面的餐厅还好喝！

　　当道德劝说和社会人际压力都无法改变单身生活、独居社会的趋势之后，提早老化的日本无缘社会也发展出了适合独居生活的经济系统，餐厅里出现了一人座，旅馆也开始提供单人房。他们尊重单身是一种选择：单身，不等于寂寞；单身，生命反而更精彩；单身，因为我可以。

四十三岁、单身、自己一个人住的 Masa 桑，让我看到单身的各种可能性。

隔天早上，我们热了味噌汤当早餐。送我去坐车时，Masa 桑塞给了我一罐果菜汁，补充旅行中容易缺乏的维他命 C，祝我一路顺风。

后会有期，Masa 桑。

我在奈良的沙发主人，是平尾君。到他家附近已经是半夜，他骑着脚踏车来接我，一手接过我七公斤重的背包，直说不重。就像我想象中的日本人一样，含蓄有礼貌。

在路上，他说今天会有一个高中同学一起住他家，他们正在吃晚餐、喝酒。

"没关系吧？"

"嗯，没关系。"

平尾君是日本的体育新闻摄影记者，更早期的时候曾经是职业公路自行车选手。

酒足饭饱之后，平尾君把酒精和害羞一起吞下肚，开始对我展示他对中国台湾的热爱，他秀出他的护照，展示这短短两年来，已经来过七次的出入境章。他一一指给我看房间里到处都是台湾的纪念品，有各县市的拼图、海角七号的门牌号码。除此之外，他还自学普通话跟台语，常常说"不要紧""不客气"。

他是真的真的很爱台湾啊！

他的高中同学佐藤桑之前在阿拉伯国家当石油工程师，后来去英国念了一年英文，交了一个俄罗斯女朋友。我到的时候，刚好是佐藤桑要出发到俄罗斯学俄文的前一周。

佐藤桑活脱脱就是日本综艺节目的搞笑艺人，说话没一句正经的，喜欢用他特有的日式英文，嘲笑日本文化还有日本人的英文。

他说："乌龟是'他投'（ta-to）。"

我说："特儿透（turtle）。"

他说："不不不，我这是英式发音！你那是美式发音。"

我说："才不呢！你那是日式发音！"

他说："不是，日本的乌龟是'他啊他露'（Taa-ta-lu）！我这是英式发音，不加 R 的！'他投'（ta-to）。"

我居然沦落到让日本人来教我英文发音……

佐藤桑说，他只对俄罗斯女生的荷尔蒙有反应，不知道为什么，其他国家的女生都没办法让他有感觉。就是因为这个简单的执念，让他想要成为一个俄罗斯人。他口中的俄罗斯女友，其实是他在网络上认识的网友，从没见过面，只靠着 email 和 Skype 联络。

第二次遇到佐藤桑，他已经从俄罗斯回来了，说着一口蹩脚的俄文，从没见过面的女朋友跟他分手了，但是他通过交友网站，又寄出了四十几封 email 给网站上的所有俄罗斯女孩，才找到现在这个十七岁还未成年的女友。

一样没见过面，但是交往两个礼拜以来，他们天天讲电话，因为时差的关系，佐藤桑每天晚上十二点讲一次电话，凌晨四点设闹钟再起来打一次电话给他在俄罗斯的小女友。

他说他不想当日本人，他想当俄罗斯人。

在大阪的时候，我在一个阿拉伯人的宿舍冲浪。因为喜欢打电动，他很小就接触了日本文化，也很向往到日本生活。他父亲希望他能留在沙特阿拉伯成家立业，但这不是他想要走的路。他很聪明也很努力，后来甚至到 Google 工作，却还是得不到父亲的肯定。

经过了一番家庭革命的大冲撞，他和父亲闹翻了，毅然决然地跑到日本来，从头开始学日文，一圆他从小的日本梦。

朋友都很羡慕他的成就，但是他说，其实他最想要、最想要的，就是他爸爸的一句："儿子，我真的以你为荣。"但他觉得他永远都不可能听到这句话。

我们每一个人，从来就不属于单一文化。即使一辈子都待在同一个地方，仍然逃不过全球化的影响。当我们说我们是哪里人时，其实这只不过是一个地理位置上的定义，但是在文化上，从来就没有一个单一的定义。文化的互动一直都是动态且复合的（dynamic and complex），我接触过太多文化，这些文化都成为我的一部分。是的，我出生在台湾，我大半辈子的时间也在台湾，但是，却在不同的地方、不同的文化里成长。

我是多元的，我不让我的出生地替我设限，就如同我在旅途上认识的这些朋友一样，我们是世界的公民，我们降落在各自的土地，但同属于世界。I belong to something bigger. I belong to everywhere. 每一个人都可以选择自己归属的文化，因为一个世界的公民应该有权利寻找最适合自己归属的地方。

很多人觉得"留下"是一种爱，留在家里是爱家，留在台湾是爱台湾，那么，为什么不能留在世界，热爱世界呢？

|For all the beautiful souls

把沙发冲浪客带到学校

▷▷▶

关于沙发冲浪，你可能会问，可是我又不住在大城市，家附近也不是观光区，会有沙发冲浪客愿意来吗？

Well, where there is a will, there is a way; Where there is a host, there is a couchsurfer.（哪里有希望，哪里就有出路；一样地，哪里有沙发主人，哪里就会有沙发客。）

我想要分享一个把沙发冲浪利用到最淋漓尽致的故事，这是一个把世界带进校园里的故事。

朋友宗翰曾经利用搭便车和沙发冲浪在欧洲旅行，回台后，想要继续通过沙发冲浪认识世界各地很酷的人。他毕业后在云林一所中学服役，发现这里的学生很少接触到外面的世界，也没有什么学习动机，心想，干脆邀请沙发冲浪客到学校来跟小朋友聊聊天啊！

于是，他利用闲暇时间到沙发冲浪网站，浏览最近在台湾或要来台湾的沙发客资讯，如发现了哪些有趣的人，宗翰就会主动发信给这些旅人，请他们到云林来玩，找地方让他们住，然后邀请他们到学校利用课余时间和这些云林的孩子互动。

宗翰帮这些云林的乡下孩子打破了校园的围墙，把教室扩大到全世界；而学生通过这样的参与过程，完成了一次又一次的真实沙发冲浪经验，也借机扩展视野，透过这些沙发冲浪客学到课本上学不到的东西。

来自法国的一对情侣，旅行时随身携带调色盘和水彩，他们想来台湾学习中医和针灸。他们和小朋友分享了在世界各地搭便车的故事，教室里不知道从哪里蹦出来的地球仪不再只是一个摆设装饰，当看过人从地球另一端走来时，地球仪就变成小朋友和世界联结的重要法宝了！

瑞士男孩教会学生不把自己习以为常的东西视为理所当然，他分享了对于台湾垃圾车有音乐的惊讶。我的朋友当初在台湾当交换学生的时候，也戏称台湾人都是 garbage zombie（垃圾僵尸），只要垃圾车音乐响起，大家都好像着魔一样，从家里提着垃圾袋大量涌出，催眠似的往垃圾车移动。她很享受晚上的这种魔幻时刻。

来自华盛顿州的温哥华男孩教会了学生幽默感。学生问他为什么肌肉那么大，练体操的他说："我很容易流汗又很容易秃头，所以只好用大肌肉转移别人的注意力。"透过介绍自己来的地方，他帮学生上了一堂小小的地理课，原来华盛顿州的温哥华，不在华盛顿特区，也不在加拿大！

来自斯洛伐克的男孩，教会了学生语言的重要性与跨出世界的勇气。他跟学生说："斯洛伐克只有五百万人，如果他只会说斯洛伐克语，就只能跟这世界上 0.08% 的人沟通，但是，通过英文，他便有办法到世界上其他美丽的地方认识其他美丽的人。所以，认真学英文吧，不是为了你们的老师，不是为了你们的父母，是为了让你们自己有个更有趣的未来。"

最后，就连学校其他老师也加入他们，努力用不灵光的英文和他沟通。这位老师是学生最好的榜样，想要表达的东西用一个字说不出来，就用五六个字加在一起表达。最后，学生从自己的老师身上学到了不怕犯错的勇敢。

就像土耳其女孩说的："如果我们不能忍受学生犯错，那他们到底要怎么学习？"

宗翰也发现到，随着一次又一次沙发冲浪的接待，小朋友也越来越进步，他们不仅更敢说英文了，学习也有了动机。透过这些沙发客的眼睛，他们更了解自己，也更了解世界。

比如说，他们一开始只能问："你喜欢 BL（Boys' Love）吗？"然后就一群人咯咯笑了起来，也不管老外听不听得懂，礼不礼貌。但是在几次练习之后，也观察到老师和沙发客的相处，他们学会了同理心，知道该怎么站在对方的角度着想，也会主动问很多问题了。现在，还会跟着沙发客一起跳舞！

在这个过程中，学生学会了最珍贵的"勇敢""同理心""好奇心"三样宝物，我也相信这三样宝物会一辈子跟着他们，带他们飞翔到他们没有想象过的美丽世界。

虽然是在云林，但是这些小朋友的世界很大，心很辽阔。

温柔的刺青客

▷ ▷ ▶

　　有了宗翰的经验，我也想把沙发冲浪带到我的国际教育社团课来。

　　我也觉得，要学习跟不同的文化相处，除了从经验中学习以外，没有其他的方法了。我可以在课堂上讲一学期我的旅行、求学经验，但绝对比不上让他们直接和一位"外国人"相处要来得有帮助。

　　台湾社会人口分布均匀，我们没有机会也不见得有这样的需求去和不同文化互动，再加上教育里也不强调多元文化的重要，媒体又不断地放送偏见，加强我们对外在世界的刻板印象，导致大部分的人遇到其他国家的朋友都只能做表面的交流。问完了"你从哪里来、你来几天、你已经去过台湾哪里了、你还想要去哪里、你喜不喜欢吃臭豆腐、你们欧洲人是不是很开放、你有听过台湾吗"这些问题之后，就很难有进一步的深度交往。

　　我也发现，我们对于外国人（尤其是西方世界的白种人）只剩下练习英文和CCR（Cross Cultural Romance，跨文化恋爱）的想象，好像在这两种东西之外，没有任何其他的可能了。

我想，这不是我们要的国际观与国际化。

我认为的国际观是对世界抱持着友善、好奇与关怀的态度，国际化是能够不卑不亢和不同文化的人自然互动。

在邀请沙发冲浪客以前，我请学生写一份自己的个人简介（沙发冲浪网站上必须要满十八岁才能申请，所以这只是练习），请他们写个人描述、兴趣、喜欢的音乐书籍电影、人生哲学、喜欢跟什么样的人相处、做过或看过最棒的事、旅行的地方（去过、住过、想去的、要去的……）

我希望花一个学期慢慢修这份档案，等到他们看过更多别的沙发客档案，也接触到其他沙发客，他们会更了解自己，更懂得如何表达自己。

然后在分组讨论、分享完几个可能来学校的沙发客之后，我们会一起决定要不要邀请这位沙发客来，由他们来撰写一封英文信。

我很喜欢这样的练习，如此一来，他们可以用他们在课堂上学的英文来理解这个世界，学到的也不只是课本英文，而是真实世界的英文，而且阅读的内容是他们真正有兴趣、跟生活有关的东西。有一个女生在读的时候说："老师，他的 now 写错了，写成 know 啦。"

"你懂他要表达的意思吗？如果能够明白的话，就没关系。我们不是生来要当纪律委员的，挑错没有那么重要，我自己也不是说 perfect English（完美英语）。语言最重要的目的在于沟通，当你能了解别人的意思，也能清楚表达自己，那就没有关系。" 我希望他们能够学习提高对于错误的接受度，也能够容许自己放胆犯错。

然后，我也会请学生一起撰写邀请信，邀请他们有兴趣的沙发客来学校玩，透过沙发客来了解外面的 wonderful world（精彩世界）。

于是，我们有了这学期第一个沙发冲浪客。

刺青、大耳洞、光头、爱喝酒，这些特色会让你有什么样的刻板印象呢？

上周，学生分组报告在 review（讨论）这位沙发客的 profile（简介）时，女同学看到他在兴趣栏里写有: girls and beer（女孩和啤酒），纷纷喊了起来！

"老师，他好奇怪喔，这样感觉好色，又爱喝酒！我们不要邀请他。"

但是，当我陪着学生读他的 profile 的时候，发现他的兴趣栏写了二十多项兴趣。在这么多项目中，他们却倾向把重点放在这两个上面。

Lesson 1: 偏见

我说，对女孩有兴趣有什么不好？男生对女生有兴趣是很正常的事吧？

"可是他不需要写出来啊！"

写出来会怎样吗？当一个诚实的人要被 judge（审判）吗？

然后，我也跟他们解释了欧洲人的啤酒文化，就跟我们也有茶文化是一样的，不是吗？如果有一个人因为喜欢喝茶，就被人家说是坏人，这样是对的吗？

而且，你们为什么没有看到，他也喜欢躺在地上看夜空、自我提升、喜欢大自然、喜欢营销和做生意……

我们喜欢乱贴标签，但是，这世界上没有一个人是可以被标签定义的。

经过讨论之后，学生改变了态度，大家都想要邀请他来了！

他是来自瑞典的 Tiff！

二十五岁，两百公分高，在大陆有自己的兰姆酒公司，这次因为到香港办文件，需要等两周，所以他决定来台湾看看，就像大部分沙发客一样，没有计划！

今天在课堂上，他第一句话就问："你们当中有没有人想要变有钱的？如果有的话，真的是太好了，因为我是做生意的人，可以跟你们分享很多这方面的经验。"

我问："大家有没有什么问题？"

等不及学生发问，Tiff 自己就说："两公尺！"看来他很熟悉大家对于他身高的好奇。

但学生最有兴趣的，还是他身上的刺青、耳洞、光头！

关于刺青，Tiff 说：

"我十四岁时，大概就跟你们一样大的时候，我在车站前面看到一个超酷、超酷的女生，她的手臂上全部都是刺青，然后染着一头红发。我当下就觉得，我好想要认识她喔，而且我想要跟她一样酷！所以……哈哈，后来我就在瑞典开了一间卖刺青工具的公司。（二十五岁的 Tiff 已经创立超过二十三家公司了！）

"但是，我真正有刺青的原因是大家都说，如果你有刺青的话，你很难跟别人谈生意。我就是想要证明，就算有刺青，你还是可以当一个很好的生意人！

"所以，我想要跟你们说的是，不要在意你从哪里来、你长得怎么样、你有什么样的过去。最重要的是，你是一个什么样的人，而你知不知道你到底想做什么！"（Tiff 很温柔地说着这些话。）

关于光头，Tiff 说：

"因为我二十岁左右，额头两侧开始有秃头的迹象，看起来很老，所以干脆一不做二不休把它们全部剃掉，看起来也比较性感。

但是，全部剃掉实在太无聊了，所以我穿了耳洞，也留了比较有特色的胡子。"

"那你为什么要在网站上说你喜欢 girls 跟 beer？"

"我喜欢在上面说很多东西，因为不管你说什么，都会有人喜欢你、有人不喜欢你。如果我只放三样兴趣，跟我没有同样兴趣的人就不会想要找我。但是我喜欢跟很多不同的人相处，所以我会放很多不同的、我有兴趣的事。我这样写，喜欢大自然的人会找我，喜欢跟朋友喝酒聚会的男生也会找我，对赚钱有兴趣的人也会找我啊！"

上课之前，我跟 Tiff 讨论过，现在学生担心、害怕的可能会是什么，我们的结论是，害怕犯错。所以，Tiff 决定针对这点跟他们分享自己的人生故事。

Tiff 在十岁的时候看了一本书，是一个五十岁的人分享他的成功之道，讲他在人生犯过了哪些错，如何让他成长的一本自传。小 Tiff 看完之后，心里想："如果他在五十岁以前犯了这些错，让他现在这么成功，那么是不是只要我在二十岁以前犯比他多的错，我就可以比他更成功呢？"于是，他开始不断地去尝试、去犯错。十七岁就开了一间线上服饰店，每个月虽然只赚三千台币，但是他从这个网站上学到了很多事，而这些经验也不断地推动他接下来的创业。

他说，他从小就有书写障碍，一直到现在都没有办法把字拼对，而入学的第一年，他花了很多时间在拼字上面。他发现他花了隔壁同学十倍、二十倍的时间，还是没有办法跟他们一样好，让他很受挫折。一直到接下来的学年，学科重点从这种机械式的背诵，转向寻求理解的数学、物理、自然、社会等，他才找到学习的乐趣。他也发现，虽然他很不会拼字，却很会解决问题，对他来说，数学就是一直不断地寻求怎么解决问题的过程。他理解到：

"如果我们这个社会要求每个人都成为作家，那我的人生一定会是场悲剧，我会写得很痛苦，人们也会读得很痛苦。但是，我很了解市场，也很会讲话，为什么我们不去做真正适合我们的事情，而逼着自己做不适合的事情？"

他短暂的来访，也观察到了台湾重视成绩的升学主义教育。

后来他私下跟我说："这一套以前行得通，但现在就算你有好成绩、好学历，也不一定会有好工作啊。你们都知道这些现实了，怎么可以继续这样叫那些学生去追求学历？我相信，如果跟老板说你有一个可以让他赚一百万的计划，他一定会对你有兴趣，才不会管你是哪一所大学毕业的。台湾的大老板学历几乎都不高，你们就这么甘心地让一群高学历的人受雇给学历比他们低的老板？" Tiff 很坚定但也很温柔地这样说。

"我除了要向那些光鲜亮丽的有钱人证明，还要向那些单单因为出生环境、人生就被贴上标签的人们证明，即使他们拿到手上的是一副烂牌，都是有可能成功、过好生活的。只要我成功了，就能对他们说，我都可以了，你们一定也可以！"

上课时间到了，学生都不想回教室。最后一个问题，他们想了好久好久，想要问一个可以让他回答久一点的问题，才可以再跟 Tiff 相处久一点。

他们想的时候，Tiff 转过来跟我说，会不会有人突然问："请问你几岁？""二十五！" then its over.（然后就结束了）最后他们问："在芬兰有一个圣诞老人村，你去过吗？"

Tiff 解释了北欧传说里的小精灵和圣诞老人的由来，我补充了在东欧地区和荷兰中圣诞老公公的原型圣尼可拉斯，以及可口可乐公司如何利用这些元素创造出我们现在熟知的红白圣诞老公公。

我们用 Tiff 在沙发冲浪的人生哲学，当作这段的结语：

"If you know the history, you can see the future."（你得了解历史，才能看见未来。）

下课！

后记：当我和 Tiff 在街上走的时候，我跟他说，刚刚有两个女生走过去，在偷偷讨论，觉得他很奇怪，刺青啊、耳洞啊、光头啊！

"哦，真的？她们觉得很奇怪？要是我在街上遇到很酷、很特别的人，我会很想很想要认识他！" Tiff 说。

接受、相信、微笑

▷ ▷ ▶

　　我本来是希望这位沙发客别来的，学生要准备 12 月初到马来西亚的报告和表演，没有多余时间给沙发客。

　　但他说他想来。

　　我常常很不好意思拒绝别人，常常硬着头皮做事情，虽然有点压力，但既然他想来，就来吧！

　　他是日本人 SR。

　　一开始，听他的日文听得非常吃力，也不知道他可以分享什么，反正学生只有半堂课的时间，我们就看着办吧。

　　一到教室，学生不多，他只是闲聊，聊他的旅行经验，聊他为什么喜欢台湾，这种你听第一次会很新鲜、听到第三次就觉得每个人都差不多的故事。

　　聊到某一个段落，他突然把麦克风拿开，很小声地问我："我可以说有关我心理疾病的故事吗？"

　　我以为他要说像瑞典男孩 Tiff 一样，读写障碍或是什么自闭症的故事，没多想就说："Sure！"

但是，当他开始说他的故事时，我要一直调整呼吸，才能保持镇定。我跟我的学生都是第一次听到这样的故事，那时候，班上有一股能量在流动，很安静的能量，但是大家都很专注。

"我以前想当医生，外科医生。我在中学时期是班上成绩最好的，大家都说我非常聪明。但是在大学入学考那年，我落榜了，我不以为意，就继续准备重考。然而那一阵子，我常常深夜在街上游荡，有时候睡在公园，有时候睡在马路上，后来我开始出现幻觉、幻听，我和我幻觉里的人打架。大家看到我在路上发疯挥拳，找了警察来把我送去医院。也是到那时候，我被诊断出来得了精神分裂症。"

Schizophrenia，精神分裂症。深呼吸，我帮学生翻译这一段，学生就是听着，也不表示特别惊讶。

"你们知道电影《美丽心灵》吗？就是像他那样，整整六年的时间，我被关在医院里，没有自主行为的能力，也不能顺利进食，每天都要打点滴，插管……从十八岁到二十四岁，就在医院里。"

学生举手问："可是，这不是一种心理疾病吗，为什么会影响身体？"

"因为我们的大脑跟身体是连着的，都会互相影响。就像很多忧郁症患者，他们也会失去生活自理能力，光是要起床，就要花比别人多一百倍的力气。所以，心理出现问题，有时候会通过身体反映出来。"

我一边翻译 SR 的话，一边加上我自己的注释，让学生可以理解多一些。

"六年后，我从医院出来，要重新回到社会上，可是当时的我，连路都走不好，因为吞咽困难所以常常流着口水，也不能完整地说好一段话。我什么都不会，也不知道自己可以做什么……
不过你看我现在三十五岁，我很好，很正常，有自己的公司，
去很多地方旅行……

"那六年，我学到最重要的东西就是，接受所有的事。
这世上所有发生的事情都是该发生的，它就是这个样子，没
有什么道理，除了接受，没有别的办法。出车祸，就是出车
祸了；钱被偷，就是被偷了；考试考差，就是考差了；精神
分裂，就是精神分裂了，没有道理的。每件事情都是中性的，
但是只有人可以给它意义。当你给了它意义，它才有好坏之
分。所以不要 judge，先接受，然后给予它好的意义。

"当我第一天到印度的时候，搭了长途的卧铺火车，一
醒来，我所有的行李都不见了，里面有我的笔记本电脑、手
机、衣物，而对方只留下护照、信用卡跟机票给我。我惊吓、
生气了十分钟，发现已经发生的事情已经是过去了，我只能
继续向前，全然地接受，甚至爱上、享受印度这种偷拐抢骗
的文化，所以我就继续开心地在印度旅行了两个月。

"我第二件学到的事情是'相信你自己'。当我刚回到
社会时，所有人都不相信我，但是我一直都觉得我做得到、
做得好。我开始做很多很多工作，协助残障人士的工作、饭
店柜员、业务、网络营销，我什么都做。我想要了解商业是
怎么运作的，后来，我二十七岁开始创业，一直失败、一直
赔钱、一直负债，但是我还是相信我做得到，我可以！然后

到二十九岁，我就开始赚钱了！所以，不管外面的人再怎么怀疑你，只要你相信你自己，你就能够做到！

"第三件我想要跟你们分享的是，永远保持微笑。当我刚从医院出来的时候，我什么都给不了别人。我没有钱、没有能力、一百多公斤重……什么事都做不来，但是，我发现我可以给别人正能量啊！然后我发现，走在路上的时候，如果看见别人对我微笑，我会很开心，所以我也决定，我要对别人微笑、对世界微笑！每天、每天到街上的时候，我就笑、祝福路上的人、跟店员打招呼，一开始大家都觉得很奇怪，但是久了之后，他们也开始对我微笑了！因为能量是可以流动的，能量是会感染的，所以记得，保持正能量，然后，记得微笑！"

就这样，我们结束了这堂课。

不老沙发客彼得

▷▷▶

彼得这次离家已经一个月了，他从地球最下方的新西兰来，到中国台湾之前，他先去了越南跟新加坡。

在松山车站见到彼得时，他刚爬完象山，脸还红红的，一直要水喝。我们往饶河夜市的方向走，顺手买了一杯柠檬冬瓜茶让他解渴，一消夏日的暑气。新西兰人晚餐吃得不多，在夜市里简单吃点小吃果腹后，我们决定避开假日人群，到河边走走，吹吹风。一到河边，可能是一整天活动下来也累了，彼得马上找了张椅子坐下。

"你知道吗？在我家乡，很多人都说我疯了！一把年纪了还到处跑来跑去！"在彼得跟我说他一把年纪之前，我没有意识到他已经这么老了。

彼得今年七十五岁，两年多前开始沙发冲浪，也就是七十二岁的时候，现在他已经接待了将近一百位访客。他的朋友都觉得他是个疯子，年纪一大把了还玩沙发冲浪！

"然后我看看他们的生活，每天在家里看电视，讨论电视上的节目，我心里想，这些事等我以后坐在轮椅上，再来做也不迟！我还能走，为什么不多走走看看？"他说得理直气壮！

"难道你一点都不担心变老吗？"我总爱想象自己老了之后会是怎样。

"让我告诉你一个故事，在我很小的时候，大概二十多岁吧，有一次，我去拜访我妈妈，那天来了好多她的朋友和姊妹，大概都四五十岁的年纪。"

原来在他口中很小的时候，就是我现在这个年纪啊！

"我仔细听了一下她们聊天的内容，发现她们说的都是年轻时没做过的事。一个说：'我真希望我年轻的时候多旅行，有了小孩，年纪也大了，哪儿都去不了了。'另一个说：'我一直都很想把我的头发染成绿色的，可是我老公不准，现在老了，也不能染了。'

"我听了觉得很奇怪，那为什么你们现在不做呢？头发染成绿色有什么大不了的，不喜欢再染回来就好啦！

"那时候我就下定决心，等我老了之后,绝对不能变成只谈论'我年轻时没能做的那些事'的老人！我想跟我的子女儿孙说我曾经做过的那些好玩的事！"

"所以你最想跟他们说什么事呢？"

"太多了！光是我这两年来发生的事情就说不完。两年多前，我七十二岁的时候，知道有沙发冲浪这玩意儿，就在上面开了一个账号，第一年就接待了六十几个沙发客！一开始我的女儿和女婿都觉得我疯了，但是，现在他们也跟我一样爱上沙发冲浪。每次有新客人来时，他们总是迫不及待想要见见这些世界各地的新朋友！"

他继续说："一年后，我跟我的女儿说，我要去旅行！他们以为我是要去隔壁的澳洲、斐济这些地方走走，度个假，马上就答应了，

|For all the beautiful souls

答应了之后才问我要去哪里！"

"我要去巴西！"然后彼得大笑！笑得像个孩子。

"你真应该看看他们难以置信的表情！"他说。

彼得上网找了几个愿意接待他的沙发主人，买了机票就去了！

"不过你知道，年纪越大，要找到沙发的机率就越低。"他半开玩笑地小小抱怨了一下。

几个月之后，他又背起行李，只身前往法国，去找去年到新西兰他家沙发冲浪的朋友！

他就这样出发到欧洲和美洲，去看看这些只有一面之缘的朋友。

"你为什么这么爱旅行呢，彼得？"

"当人老了的时候，会以为他们什么都见过、什么都懂了，好像所有事情都有了答案。才怪！当我开始旅行的时候，我才发现，我什么都不知道，这世界还是跟我七十五年前刚来这里一样充满未知，好多新鲜的事等着我去做，等着我去发掘！为什么不旅行？越老越要旅行！"他这样说。

所以他决定今年要再往地球上方走走，去他从来没去过的亚洲，到越南、新加坡找那些只见过一次面的沙发冲浪朋友，而台湾是他这次的最后一站，住在青年旅馆里。

彼得只有一个老人家的坏毛病，就是话匣子一开就停不下来：

"而且，当我跟老人在一起的时候，我就觉得老！但是当我跟这些来自世界各地的年轻人在一起的时候，我觉得我跟你们一样大！"

晚上河边的蚊子开始多了起来，时间也不早了，我们起身散步到公车站。

他说："你知道人生是什么吗？人生就是去实现梦想！大家都

以为梦想很远，一点都不！梦想近在眼前，只是大多数的人不敢把手伸出去而已。"

"可是很多人没有梦想，怎么办？"我不禁纳闷。

"没有梦想，怎么可能？那就表示他的内心已经死了！你懂吗？死了！没有梦想，就想办法去找一个，不要放弃，一直找！找到了，就去实践它，就这么简单！一定要有梦想！"

"家人怎么办呢？"很多人不敢去实现梦想的原因，都是因为放不下家庭的责任。

"家人很重要，甚至可以说是最重要的，但是千万别让他们主宰你的人生。你还是可以做你自己，过你自己想过的生活。"

我跟彼得一起走到公车站，我们干净利落地给彼此一个拥抱，互相道谢。

"记住，人生很复杂，可是你可以很简单。"他说。

"希望我们有机会可以再见面！"公车来了，我匆忙地道别。

"会见面的，终究会再见面。"他潇洒地上车，在门关上前，留下了这句话。

嗯！连最后一句话，都说得这么有哲理。

再见，彼得。

时间一分一秒地流逝，创造了今日，
却从不等人。昨日已逝，明日不可知，
只有今天是恩赐，能够活在当下就是
最好的礼物。

•••

06

———

chapter

The end is the beginning

（结束是开始）

回家

▷▷▶

　　一学年的交换学生生涯结束了，一坐上回台湾的飞机，我就忍不住号啕大哭，在一万英尺的高空哭了三四个小时。我从没想过，这趟为了让自己在后青春期结束前可以"甘心"的出走，居然走了这么远。

　　我不知道我为什么哭，只知道有很多很满、很满、很满的东西塞在我的心里，好难受，好像怎么哭都哭不完。

　　回到台湾，熟悉的同学已经毕业，原本穿着背心、夹脚拖的男孩都换上了衬衫，打上了领带，女孩也穿起套装，化起妆。我在股市、买房、职场的话题中找不到可以让旅行插入的缝隙，亲如家人的朋友远在世界各地；除了要重新适应台湾社会外，还要适应陌生的城市台北。更重要的是，我得找一份工作。

　　我以为我找到自己了。朋友说，出社会后还是不要做那么多"自己"比较好。一年的海外生活，面试的主管说："就是去玩的嘛！"

　　我以为我什么都知道了，但可怕的是，我还是不知道我自己要干吗。好了，甘心了，我可以继续前进了。

我想要证明自己，所以也找了科技公司的工作，月薪四万四。以社会新鲜人的第一份工作来说，应该要满意了。

辛辛苦苦念了十几年的书，那些早自修，那些写不完的考卷，那些周末还要来学校上的课，那些被牺牲的体育课、美术课、音乐课，那些熬夜的考试真题，为的不就是这个吗？

我把故事硬生生地锁进行李箱，整整一年，我不敢打开那个装满故事、极不安分的行李箱。晚上那个装满故事的行李箱，总是会冒出一些声音，用笑声、用啜泣声提醒我，它一直都还在那里。有时候，它也就是静静地躺在那里，陪我。

"那些故事有什么好说的啊！根本不会有人想听。"我总是跟它这样说。

我那时候有好多问题，关于世界，还有世界上的人，为什么我们一样，为什么我们不一样。

为什么，我这么痛苦呢？

一次在打回家的电话里，不小心崩溃大哭，我妈妈沉默了许久，好不容易地说了一句话："如果我们家旁边捡垃圾的阿婆都可以过活了，我女儿有什么不行的呢？你想做什么就去做什么吧！"

我知道妈妈的担心与不舍，她把担心留给自己，却舍不得女儿不开心。

我也想到我和杨过、Mateja 的对话："这辈子，我可能不会很有钱，但是我会得到所有我想得到的。"

然后，想着他们愿意选择、愿意负责、愿意承担。只要有这些愿意，就不用害怕。

再待着也只是浪费时间，于是，连三个月的试用期都不到，我

|For all the beautiful souls

就辞职了；一直到现在，都没有一个固定工作。在这期间，我为了要寻找答案，做了华人心理学的研究助理，研究儒家文化如何影响青少年作生涯选择。在访谈大学生的同时，我也像是在访谈自己，很多疑问突然都有了答案。我想起我最喜欢的科目一直都是国文，英文也有进阶的表达能力，我想要保持自己跟世界互动的习惯。于是，拿了中文教学的证书，也开始教起外国人中文了！

终于有一天，故事受不了了，不知道从哪里找到钥匙，自己跑了出来，从此一发不可收拾。我就是一股脑地闷着头写，有时候写到半夜三点还是无法关上记忆的抽屉，回忆像蜘蛛编着巨大绵密的网，在夜里把我覆盖。

我慢慢理解，原来要启动出走所需要的动能是极大的，比什么都还要大！绝对不是那么潇洒地说走就走。钱、时间、对未知的恐惧、家庭、感情、跨出一步的勇气、懒惰、语言、不可避免的工作或学习中断……只要有其中一项放不开，就无法启动出走。

"所以，是想太多或是想太少吗？"

"对我来说，是挣脱的决心吧。"

当决心大于障碍时，动能就很自然地被启动了。

因为原生环境是我的"不舒适圈"，出走象征着一种自由、一种全然的放下；旅行是一种让我自己认知慢慢协调的移动，那才是我的"舒适圈"。

其实，我也只是想在世界的人群里，找一种我在原生家庭或社会中找不到的安定和平静。所以，我的旅行是关于人的。我不想要那种很多萍水相逢的邂逅，想要的是很深刻的生命感，从不同的人身上学习到不一样的对待与被对待的可能。通过这些我从来没有得到过的善待，原谅我过去的错待。

但我也理解每个人的生命历程不同，我真的能理解要挣脱母体有多困难，所以我不喜欢一味鼓励别人放下一切去旅行，总觉得这跟鼓励人家买房、鼓励人家赚钱没什么两样。

谢哲青说，旅行很简单，就是一直想办法前进就好。真正困难的是，每天面对日复一日枯燥重复的生活，这才是人生真正的挑战。

真的，人生当中那么多关卡，旅行这关是相对好玩、相对好"破关"的，我们只要一直前进就好了。

我独自在约旦佩特拉（Petra）的时候，太阳西下，在黑暗的无人旷野，差点被一个贝都因男孩强暴，他用生殖器隔着衣物猥亵了我四十分钟，好不容易逃了出来，隔天的旅程依然继续。我数度崩溃，但几天后的晚上，在沙漠无光害、辽阔的银河星空下，我马上明白很多事情，释怀了很多，最重要的是我还活着，而这个人的人生与你再也无关了。但是，放回真实生活中，若真的发生这种事，对方又是熟人（同学、老板、亲人、前男友），哪有这么容易就 let it go（随他去）？这种时候如果有机会去旅行，好处是能让你把学到的心灵技能，拿回来运用在现实生活中（遗忘也是一种很重要的技能）。

说真的，如果人生是一场电玩游戏，旅行这一个关卡要打的怪物并不难，HP 生命值的复原也很快，只要不 game over（玩完）就好了。

旅行其实也很像人跟水的互动。有人喜欢在游泳池里游泳，有人只喜欢到海洋馆里看鱼；有人喜欢到海边坐在沙滩上、没事踏踏浪就好，有人喜欢划船；有人喜欢浮潜；有人热爱潜水，甚至有些人就像海绵宝宝和派大星一样喜欢住在海里……

而人助旅行，应该是背着氧气筒的深潜。

但是，每个人都有不同的恐惧，也就有和水互动的不同模式。

|For all the beautiful souls

虽然深潜真的会看到很美很美，别人看不到的海底世界，可是潜下去之前要有很多训练跟准备，而且有时候耳朵会很痛，这种麻烦跟不舒适感不是每个人都可以忍受的啊！

真的，你可以选择自己的方式，我所能做的，就是努力与你分享我曾见过的、美丽的海底世界。

到现在，我就任由行李箱大大方方地开着，让那些故事尽情地唱着、跳着！

今天，刚好重读了《牧羊少年奇幻之旅》，我觉得自己就好像走在寻找金字塔的旅途上，不知道那里有没有宝藏。

"想要知道有没有更好的对待与被对待的方式，跟别人的，还有跟自己的。"

不知为什么，找了这么久的答案突然有了一个这么清晰的理由。

原来，旅行最好的纪念品，是一辈子的友谊；原来，根本没有此生必去的十个国家公园、全世界最美的十五个小镇、不去会死的二十个国家。就像心理咨询师黄锦敦老师说的："生命，才是最值得去的地方。"原来，当生活是一种态度，旅行是一种心情时，就可以在旅行中生活，在生活中旅行。

我相信，只要有人的地方，就有值得我去探望、去学习的世界！

他们都在哪儿呢？

▷▷▶

　　大陆女孩丹丹目前在荷兰攻读法律博士。上一回与她妈妈来台，我还特意花了点儿时间绕到书店，去买她最喜欢的日本杂志。

　　美国男孩 Chris 在德州攻读土木工程博士，今年和一个台湾女孩结婚了！

　　越南学生夫妻现在在台湾上班，两人已经结婚，还在台湾生了一个美丽的小女孩。

　　Patrick 在交换学生结束前，交了一个女朋友。喜欢吃肉、喝酒、说上帝坏话的他，开始吃素、戒酒、上教堂。他花了好几个月的时间在奔驰车厂打工，终于存到了来台湾的机票钱和生活费，2014 年年底就要飞来台湾，在这里住到四月。

　　Vitek 和 Jana 仍然是一对冒险情侣，只要有空就会四处去参加户外活动。对他们来说，越野、爬山、攀岩就是最好的约会。

　　Janko 结束交换后，回到斯洛伐克攻读电脑工程博士班，但仍一直从事他喜欢的艺术工作，仍然每个礼拜回家练剑。几个月前，一

| For all the beautiful souls

个斯洛伐克知名设计师找上他，邀请他帮忙设计皮包。他利用课余时间，在市中心租了一间店面，打算开一个定期工作坊，教导当地青年小镇的文化、历史和艺术。

Mateja 在香港念了两年，到日本参加了好几次学术研讨会。2014 年 9 月，她申请到日本当交流研究学者，现在刚到东京写博士论文。

Maija 和 Tommi 利用新年来台湾旅行了两个礼拜，Tommi 对于跨年之后大家回家睡觉而不是去酒吧狂欢感到震惊！他们两人今年在芬兰买了一间公寓。

好好地说再见

▷▷▶

　　《大鱼》这部电影的男主角，是一个喜欢跟他的儿子讲很多奇怪故事的老爸。他总是不厌其烦地说着那些他年轻时遇到的奇怪的人、那些不可思议的冒险故事。但是，他的孩子无论如何都不相信，甚至还因此好一阵子不跟他父亲说话。

　　一直到这个爸爸生病临终时，儿子才慢慢懂了老爸说这些故事的用意。最后在病榻前，儿子帮老爸说完了这个故事的结局——爸爸葬礼的样子。

　　说来有点奇怪，我一直都没有对"梦想的婚礼"有所期待，穿着漂漂亮亮的白纱也不是人生必要，但我常常在想我"梦想的葬礼"形式，脑海中常常浮现大家来参加我葬礼的样子。虽然听起来有点儿恐怖，但我可是很乐在其中！有时候想到好玩的桥段，还会忍不住自己咯咯地笑了起来。

　　但我最喜欢，还是说再见的时候。

　　电影里，儿子口中故事的结局，是爸爸曾经跟他讲过不可思议

|For all the beautiful souls

故事里面所有奇奇怪怪的人通通都来了！就在一条河边，旁边是很绿、很绿、很柔软的草地，所有人都穿得很漂亮，脸上带着很开心的微笑。然后儿子抱着爸爸，走过这些人群，爸爸那些奇怪的朋友就笑着挥手，和爸爸说再见。走到河边，儿子把爸爸放到水里，爸爸变成一条大鱼，悠然地游走了！

这就是我梦想中葬礼的样子！

我希望在我快要死掉的时候，那些我在世界各地遇到的奇怪的人、那些被我写进故事里的人、我生命中重要的朋友跟家人都来看我。每个人都很开心，我们一直说着那些曾经发生在我们身上、大家都不相信的故事，一直笑、一直笑；如果流眼泪，一定也是因为太开心的关系才流泪的。

然后，时间到了，我们拥抱。

"嘿！苡弦，这辈子，认识你，真的好高兴。谢谢你！跟你在一起的时候，总是玩得很开心！我会很想念你的。"

"嗯，我知道，我也是！"

只要这段话就够了！这样就够了！

然后，时间到了，我闭上眼睛，睡着了。

这样，就是我最想要、最想要的葬礼！

可是，有一天，我突然觉得很难过，因为我发现，我有很多朋友在世界各地，他们彼此却不一定认识，如果我真的发生什么事了，可能也没办法通知他们来参加我的葬礼。同样地，如果他们发生了什么事，也不一定会有人通知我；通知了我，也很有可能没有办法就这样飞过去，见彼此最后一面。

好难过。

但是，就在 2014 年 4 月底，Mateja 利用香港复活节假期来台湾找我的时候，我又想通了一些事。

正因为我们相处的时间是这么的珍贵、短暂，正因为分离永远都可以预见，所以我们珍惜每一个当下。分开之前，一定会把所有想说的话通通说完。我和Mateja相处的一个礼拜，对话没有停过，就是一直说、一直说。虽然到处旅行，但最喜欢的是一起坐车的时间，总是一上车就开始把自己所有的东西掏出来，对方也很温柔地承接住，也把自己完全交给你，因为我们就只有这么一个礼拜。而到了要说再见的时候，一定好好地、好好地说再见。

不只是和世界各地的朋友，人生中遇到的人，不也是这样吗？我们拥有的，永远都只有现在，分离虽然不是在一个星期或是一年后，却可能在明天。一期一会，每一个瞬间，都是一生中仅仅一次的机缘。

Alice Morse Earle说："时间一分一秒地流逝，创造了今日，却从不等人。昨日已逝，明日不可知，只有今天是恩赐，能够活在当下就是最好的礼物。"

"人生就是不断地放下，但真正遗憾的是，我们来不及好好告别。"《少年派的奇幻漂流》里这样说。

嗯，我们，都好好地告别了。

"嘿！这辈子，认识你们，真的好高兴。谢谢你们！跟你们在一起的时候，总是玩得很开心！我会很想念你们的。"

他们都知道哦！

这样就够了。

结语

余秋雨在《关于朋友》这篇文章里提过："平时想起一座城市，先会想起一些风景，到最后，必然只想这座城市里的朋友。是朋友，决定了我们与各个城市的亲疏。初到一个陌生地，寂寞到慌乱，就是因为还没有找到朋友。在熙熙攘攘的大街上，突然见到一个朋友，那么，时间和空间就会在刹那间产生神奇的蜕变。"

时间和空间就会在刹那间产生神奇的蜕变！

当一座城市里有了朋友，这座城市在你心里，就像小王子在狐狸心里一样特别了！

是啊，也就是因为朋友，才让我们跟世界这么亲密，才让这世界其他地方的事都有了意义。因为在某地有了朋友，你跟那块土地有了奇妙的强烈联结，你会莫名地想要了解那块土地上所有的一切，你的好奇心停不下来！因为我们最好奇的，还是人。你想知道一切，因为那是养育你熟悉的人的地方。你不再满足于走马看花、拍几张照片、买纪念品有个到此一游的纪念，你想要真正地了解是什么让你们两个这么不同。

你想要看见真实的生活，你想要补足你们认识前你没参与到的他们的人生。因为人助旅行，生命有了交集，而不只是过客。用生命影响着生命，在这地球上，每个人都是独一无二的存在；而因为有了这些独一无二的相互碰撞，才有了无与伦比的美丽。

我一直都认为"能自在地和不同文化的人相处"不是一种人格特质，而是能够通过练习达到的一种能力。我们总是以为国际观是精英的特权，得是常常搭飞机、穿着西装坐在高级办公室里和不同人说着英文开会的人，才叫作有国际观。

但是，我们都误会了。国际观并不是为了要更有竞争力，而是要让我们变成一个更完整、更好的人，成为一个更能够了解自己、理解他人的世界公民。

一直到现在，我们接触到异文化时，仍有太多不理性的情绪，而仇恨、恐惧和歧视通常都来自不理解。

为什么我们不能试着将这些情绪转换成"知"？

我对国际观跟国际化的定义很简单：

国际观是对世界的好奇与关怀，并给予尊重。

国际化能够不卑不亢地和来自不同文化的人互动。

通过结交不同文化的朋友，让国际观走进生活里，理解、多元和尊重也就一起进到生命里了。

我总是忍不住想象，如果一个未来的教育部长，在大学时期认识了一位来自芬兰的朋友，未来在制定教育政策时会不会更注

| For all the beautiful souls

重平等地受教权，教育资源的分配是不是能够更顺畅地流动到弱势的手中？

如果未来的产线管理工程师，到东南亚旅行时，住进了印尼、泰国、菲律宾朋友的家，未来在工厂工作时，会不会愿意对那些来自东南亚的劳工多点尊敬与理解？

如果未来进到校园里的老师，有了欧洲、非洲、美洲的朋友，地理和历史课本上面那些枯燥乏味的文字，能不能在他的魔法棒下，变成一个又一个动人的故事？

如果未来的大学生，在求学时期就能和来自世界各地的学生变成朋友，当他毕业时，会不会不再担心22K①？他会不会再勇敢一点，到世界上闯一闯，就像他那些朋友当初来台湾闯一闯一样？

旅行之所以值得旅行，生命之所以值得活，从来都不是因为那些冷硬的混凝土或石材建筑，也绝非美丽的自然风景或是食物，而是因为那些我们遇见的特别的人。

---

① 22K：指台币二万二千元。

◆ 附录：人助旅行之最难忘的一百〇一件事

1. 因为怕失望，曾把要接待的日本女孩预想成体毛很多、有狐臭和口臭的大胖子。结果见面时，发现是个亲切、有礼、香香的可爱日本女孩，松了一大口气。

2. 泰国女孩很喜欢摄影，行李箱里有七八台摄影机。第一天到她宿舍，她的冰箱里全部都是底片。她说为了感谢我，相机和底片都可以任我取用。

3. 遇到的第一个大陆女孩，原以为她是不得已才这么努力学习，结果发现她早已找到了自己的梦想，并为之努力奋斗。

4. Mateja来我家，看到我爸一直咳嗽，就对他说："阿伯，你要去干医生！"我想，她要说的应该是看医生。

5. 美国纯朴男孩邀我去他家玩，我们对他妈妈做的布朗尼惊为天人，赞不绝口，一直跟她要食谱。回国后，他妈妈才说，其实那只是超市买回来的速成包。

6. 和克罗地亚女孩每周都到神农街学国画。不知道为什么，老师一直跟我们说，要多吃桂圆，胸部才会比较大，还非得要我翻译给她听。（其实，真的没有那么小好不好！！！）

187

7. 介绍台湾：七爷八爷是 Mr.7 and Mr.8，7月鬼门开是地狱 have summer vacation（暑假），佛教里罗汉是 Bachelor degree（学士），菩萨是 M.A.（硕士），佛祖是 PhD（哲学博士）。只要有心，人人都可以念到 PhD。

8. 一个澳洲男生来台湾学中文，他最喜欢的歌手是杨丞琳。一起去 KTV，他点的都是不红的男孩偶像团体歌，在场的人听都没听过。

9. 一个澳洲女孩跟韩国男孩在台湾谈恋爱了，沟通的语言是中文，但他们俩讲的中文，我完全听不懂！他们自创了属于自己的爱的中介语。

10. 在香港被店员凶到，跑到旁边优格冰淇淋店一边吃冰淇淋，一边委屈落泪。

11. 跟香港朋友的爸爸一大早去茶楼饮茶，里面全部都是老人，好像穿越时空隧道走入电影里的老香港。

12. 大陆女孩要我带她去算命。算命先生说，要她小心明年可能会怀孕。结果一年后的某天，她跟我说，她要堕胎了……从此我再也不算命！

13. 和加纳女孩 Pearl 一起在斯洛伐克山区玩雪，我们两个玩得像孩子一样，因为我们都是来自不下雪的地方。

14. 跟加纳女孩聊非洲流行音乐，我期待着部落土著音乐，她却放加纳最流行的 Highhip 和 Azonto 给我听，我才惊觉自己对于非洲大陆的无知，但从此 Azonto 的旋律一直在我脑海里盘旋。（不要听，很恐怖！）

15. 加纳女孩在 Facebook 上都是用英文跟朋友沟通（英文是加

纳的官方语言），但是他们的英文跟我们英文不太一样。他们会用当地口音自创英文单词，比如说"That"，他们会打成"dat"。

16. 在欧洲的夜店里，和加纳女孩一起跳部落原始舞蹈，发现屁股很重要！

17. 一到克罗地亚，朋友的爸爸开车来接我。第一次见面，还没自我介绍，爸爸就给了我一朵玫瑰花、一块巧克力和一个大大的拥抱。南欧男人的浪漫。

18. 克罗地亚女孩的妈妈做了一块有我名字的蛋糕，当作欢迎我的礼物。

19. 和四个欧洲朋友一起挤在一辆小客车内，在停车场过夜。其中有一个被迫睡在后车厢，那天冷到脚趾头都冻僵了！

20. 在柏林的公车上遇到一个来自纽约的黑人舞蹈家，说再见的时候，他说的那句"There's something for everyone in Berlin"（柏林属于所有人）让我爱上柏林。

21. 在柏林跟德国男孩一起去超市买啤酒，那天晚上我们试了超过十种啤酒，没有比超市更好的啤酒博物馆了！

22. 在台湾和克罗地亚女孩搭便车，遇到曾接受国家地理频道采访的电子花车女孩！有着人类学背景的Mateja向她问了许多台湾特有的殡葬业文化。

23. 两天后，我妈妈到一个她从没去过的村子跟朋友拿东西，竟然巧遇这个让我们搭便车的女孩！

24. 从约旦安曼到以色列耶路撒冷的安检，和芬兰女孩一路互相cover（照顾），通过重重关卡，却忘记留下联络方式。十天后，在

|For all the beautiful souls

耶路撒冷返回安曼的接驳车上竟然再次遇见她，整辆公车上只有我们两个人，我们两个开心地大声尖叫！

25. 在耶路撒冷的住棚节餐会上认识了一个中国大陆女孩。数年前，我在台南实习公司宿舍有过两面之缘，几句交谈的以色列男孩，居然跟这个到以色列当交换学生的女孩结婚了，两人现在定居在特拉维夫。

26. 在巴勒斯坦拉马拉搭计程车，很想跟我聊天的司机不会讲英文。于是，他打给一位会说英文的朋友，通过电话一句一句地请他朋友教他英文来问我问题。我回答之后，他再模拟发音在电话里让他朋友翻译给他听。我们就这样聊了半小时！

27. 清醒的时候英文很不好的俄罗斯热舞男孩二人组，半夜三点到我宿舍敲门，说钥匙在夜店里搞丢了，不知道哪里能去，只好来找我。没想到喝醉酒之后，英文变得超好，开始跟我掏心掏肺地聊心事，我们就坐在走廊地板上聊到清晨。

28. 喝醉酒的苏格兰人很爱裸奔，这辈子看过最多的小鸡鸡，就是苏格兰的小鸡鸡。

29. 和欧洲男孩一起看他们国家的欧盟足球赛转播，有法国人、德国人、荷兰人、乌克兰人、英国人！有足球，有啤酒，每一个欧洲男孩都会变疯子。

30. 在约旦 Wadi Rum 的粉红沙漠中，以地为床，以天为被，看银河，用 Google 星座 APP 定位星星，跟同行友人说了关于牛郎织女还有希拉的乳汁的故事。

31. 在沙漠里拥抱骆驼。骆驼好臭！

32. 跟着斯洛伐克旅行团一起在克罗地亚泛舟，从七公尺高的岩石上跳进水后，才意识到我不会游泳，还好比我早一个跳下来的香港女孩曾经受过救生员训练。

33. 听菲律宾人诉说宿务岛的血泪殖民史，站在用珊瑚礁堆起来的西班牙堡垒上拭泪。

34. 一天之内和菲律宾人挤过吉普尼、搭过三轮车和马车，真是人类交通的一日演化。

35. 在法国郊区和法国女孩一起去找她姐姐，主管说她姐姐身体不舒服回家休息，一回到家就看到姐姐睡在庭院的草地上，盖着厚棉被。我们索性就跟姐姐一起躺在那里睡午觉。

36. 和法国女孩与巴西男孩去超市买便宜红酒，在山丘上、在巴黎铁塔的草地上喝到微醺。

37. 到了卢浮宫，却决定在卢浮宫前的公园睡午觉！

38. 和法国女孩没赶上深夜最后一班火车，被迫流落巴黎街头，晚上骑着法国 Ubike（公共自行车）到处跟维修 Ubike 的工人聊天。

39. 在捷克库伦洛夫骑马，越过草皮、穿过一片雪白森林，还没下雪，只是结了秋霜。双手和双脚都冻到发疼，还是觉得值得。

40. 和旅伴一起膝盖软骨发炎，民宿主人推荐吃德国小熊软糖补充胶质时，才知道小熊软糖是荤的（从皮脂、骨头提炼出来的骨胶）！

41. 租了一辆厢型车和朋友在捷克南摩拉维亚区公路旅行。晚上到教堂询问住处，神父一问，我们自己才发现，我们七个分别来自七个国家！我们是如此的不同，却又如此的相似！

42. 在德国一个村子里，大家都去迪斯科跳舞时，我和德国男孩的妈妈留守在家里。不太会英文的她，用德文里和英文发音相近的单字向我解释她的人生故事。语言从来都不是理解的主角。

43. 在耶路撒冷与犹太人过住棚节和安息日。星期五日落后，开了的电器就不能关，关了的电器就不能开。犹太人家里有自动断电系统，自动设置安息日的电器开关，我也因此无法拍照。开了就不能关，关了就不能开，在现代生活过着千年传统！

44. 犹太人吃面包要撒盐，犹太人的肚子不能同时装肉和牛奶！这个叫"Kosher"（符合犹太饮食戒律的食物）。

45. 走在巴勒斯坦莱市场，所有男性沿途热情地跟你说"你好"。每个人都想要我帮他们拍一张照，问题是他们根本没有要看照片的意思。

46. 和巴勒斯坦小女孩玩芭比娃娃，她的芭比娃娃穿着长袍、戴着头巾！单一标准的审美观无孔不入。

47. 在约旦佩特拉骑驴到日落，整个古城空无一人，伸手不见五指，差点被游牧民族的贝都因男孩强暴。我原以为他们跟台湾原住民一样纯朴善良。

48. 因为我要出国，妈妈开始学电脑；从完全不会用到现在Facebook上拥有几百个朋友。妈，你好强！

49. 和妈妈一起人助旅行，到香港找Mateja（她在那里念书）。被失眠困扰很久的妈妈，说她那几天在香港沾枕即眠。人助旅行还能治失眠！

50. 在布拉格市中心一间夜店，每周末都有80年代经典英文歌Party。和瑞典男孩一起跳舞，等到ABBA的"妈妈咪呀"音乐响起之后，我们这群朋友全部对瑞典男孩行举手礼,向他们国家的"国歌"致敬!

51. 在布拉格当交换学生的时候,向一群欧洲学生介绍日本成人片,即时翻译字幕。他们完全不懂为什么要上马赛克,为什么舌头要动得这么恶心,为什么女生表情那么痛苦……然后每个人跟我分享他们国家的成人片长什么样子。感谢科技! 非常棒的性教育以及女性主义课程。

52. 为了过冬暖屋,和芬兰家庭一起到森林砍树伐木。差点被她爸爸砍下来的树打到,还好大难不死。

53. 出发去日本,但因为母亲节放假,台北市区大塞车,到机场时柜台已关闭,只好默默地搭下一班车回家,默默地买了另一张机票,隔天继续搭机,继续我的旅程。

54. 在比利时的火车上,对面坐着一个我想要买下她身上所有衣服和配件的女孩。记住她在安特卫普下车后,回程临时决定也在安特卫普下车,待了一天。这城市的人,穿衣服真好看!

55. 布拉格国际学生社团的年度桌历,居然是社团干部全裸入镜、三点不露的写真。

56. 在布拉格住在男女混宿、女用浴室无锁的宿舍一年,听过隔壁房间和浴室里的各种声音……

57. 布拉格冬天的时候,只要把酒放在窗台上,就会自动冷却,但是一不小心,就会被路人拿走。

58. 菲律宾海军男宿帮我们举办送别晚会,桌上铺满了巨大的芭蕉叶,叶片上头摆满了一堆又一堆的白饭、蔬菜、烤肉,大家就用手抓着吃。管理员阿姨一走之后,菲律宾男孩就把灯光调暗,音箱

|For all the beautiful souls

搬出来，一楼大厅一秒变夜店。他们超会跳舞的！

59. 清晨，在菲律宾临时搭建的工寮里，听见两个老男人一大早一边抽烟喝酒，一边弹吉他唱歌。我站在旁边听完他们用沧桑有力的歌声唱了《星夜》（*Starry night*）。这是我听过最美的《星夜》，I think they are listening now, Vincent.（我想他们正在聆听）

60. 跟阿根廷人一起去滑雪，才知道阿根廷会下雪。我以为南美洲都很热啊！阿根廷最尾端离南极超近的，要去看企鹅都会从这里搭船。

61. 土耳其女孩从不掩饰自己是同性恋，可是她说，当她高中的时候向妈妈坦承出柜之后，她妈妈带她去看了两年的精神科。不久，他弟弟也发现自己是同性恋，但是决定这辈子都不跟妈妈说了。

62. 京都岚山的沙发主人，是个计划在全世界各个国家至少要沙发一次的中年男子，目前已经沙发超过五十个国家。我们在铺着榻榻米的家里煮味噌汤，烤章鱼小丸子，聊天狗、竹林公主与姨舍山！

63. 在日本葵祭认识一个前苏联 KGB 成员，她每年生日都要到不同国家旅行，今年是第七年。到过日本之后，爱上日本，开始学日语，正准备搬去日本工作。

64. 奈良的沙发主人是第一次来台湾就爱上台湾的运动新闻摄影师。两年内一共来了台湾七次，现在在台中学中文。因为他，我才第一次吃到鼎泰丰。

65. 在奈良素食店认识一位做墓碑的老先生，每天看 NHK 英语教学节目学英文，希望退休后可以到柬埔寨长居。店里老板娘是位钢琴老师，也是看 NHK 电视学中文，说得极流利，女儿明年要到慈济大学学中华素食料理。

66. 没能在京都穿和服，却在伏见区被奇妙地邀进高级和服店，被服侍穿了浴衣与和服。偷看了一下标签，光和服本身就要十万台币。虽然不会说英文，她们还是用 YouTube 影片跟我解释和服的细节和穿法。

67. 大阪的沙发主人是超富有、超传统的沙特阿拉伯人，疑似有 ADHD（注意力缺陷多动障碍，他自己说的），不顾所有人反对来到日本学日文，是个科技狂，用照片、影片、声音纪录生活的每一分每一秒，常常担心如果他现在就死了怎么办……和他喜欢的女生只见过两次面，其中一次，那女生蒙着全罩式头巾。

68. 在布拉格用沙发冲浪认识了一位墨西哥人，他跟我说，他被隔壁邻居作法下盅，导致衰了一整年的恐怖故事。

69. 接待一个来自瑞典的沙发冲浪客，一起吃过饭后，想要为了我更改机票，一起到其他地方旅行。我拒绝，他回国后用 email 向我告白，告白完跟我说他结婚了，下一封信跟我说他有两个小孩，然后就失踪了。（不知道在演哪一出！）

70. 被两个斯洛伐克男孩求婚。第一个见过一次面后，逢人就介绍我是他"未来"的未婚妻；另一个说，只要我留在斯洛伐克，他就要娶我，到现在还在说……

71. 在斯洛伐克的小镇，朋友在城堡关门后，特地为我拿了钥匙把大门打开，跟我说："现在，这是你的城堡了，我的公主。"

72. 到德国的第一天早上，参观了三个墓园。第一个是德国男孩家里后院考古遗址的墓，第二个是犹太人的墓，最后一个是他们祖

|For all the beautiful souls

先的墓。（究竟为什么要带我参观三个墓园？）

73. 在德国 Oldenbur 四小时之内吃了三顿大餐。下午在校园和朋友聚餐，点了大分量中国菜，忘记跟德国妈妈说已经吃饱了。回家时德国妈妈已经煮好炖鸡腿，又吃了一顿。这时候晚上要借宿的朋友打电话过来，说他们已经准备好意大利面和肉丸，要我们一定要空腹去吃光光！吃完了之后，她们兴奋地说，还有手工甜点提拉米苏……

74. 比利时的火车上不能喝酒，一个去探望好友的老爷爷偷偷跟我说，他把酒装在保温杯里，这样就没人会发现了。

75. 和在阿姆斯特丹留学的中国大陆学生一起生活，那一区因为学生流动频繁，晚上常常可以去垃圾桶旁捡家具。我们搬过柜子、床垫、沙发……最夸张的是一套高级的野餐竹篮，里面还有完整的瓷盘、茶杯和刀叉组。

76. 在布拉格高堡区认识一位从事德语翻译的捷克人，因为和他比赛传短信赢了，所以请我吃饭。虽然我们聊了很多佛学、老庄、瑜伽，但最后他给我看的影片是，几年前他穿着蜜蜂装在草原天真烂漫地奔跑，影片中的他已经四十岁了！

77. 在菲律宾 Oslob 泡在水里一整天。早上去海里跟鲸鲨共游，下午则到壮观又细致的 Tumalog 瀑布下独泳！

78. 在不同的美术馆遇见不同时期的林布兰[①]，像在看一个人从意气风发到衰颓的自画像自传。

79. 菲律宾男孩们用塔加洛语唱《情非得已》给我们听。F4 在

---

①林布兰：伦勃朗·哈尔曼松·凡·莱因，他是欧洲 17 世纪最伟大的画家之一。

那里很红!

80. 在布拉格跨年夜，烟火于城堡区绽放的同时，想家的泪水一起崩溃。

81. 住在拖车里。德国男孩大学时期为求独立买了拖车，放在家里的庭院，没水没电没暖气。冬天早晨的被子被露水浸湿后又结冻，得要用力扳开才能起身（重点是，德国男孩在拖车里度过了两个冬天）。

82. 在捷克泛舟三天，扎营在河边，大大的啤酒桶绑着一条绳丢进河里冷却，累了就灌个两口，然后继续划。

83. 在泰国背包客圣地考山路看到一对年轻夫妇背着大背包。妈妈前面背着一个婴儿，爸爸推着推车，还牵着一个背着自己小背包的男孩。从此决定，无论如何，以后也要一家人一起旅行。

84. 在离开布拉格的那个清晨，随便搭上一班地上电车，坐到未知的终点站再坐回来。

85. 在布拉格和国际学生玩地铁饮酒游戏，挑选一条地铁线，从头坐到尾，每一站都下车，找一间酒吧，喝一杯啤酒!

86. 参加德国男孩举办的冬日健行饮酒传统。每个人背着满满背包的酒去爬山，每转弯一次，大家就要一起喝一杯酒（take a shot），最后再以一顿重口味的晚餐作为结尾。

87. 欧洲学生喝醉酒时，喜欢在路上拔起交通标志，拿去送给Party主人。学期最后，我们公寓里居然有"暂停""右转""此路不通"三块路牌，为了如何处理掉这些犯罪记录还吵了一架（其中有一块被带回芬兰了）。

|For all the beautiful souls

88. 在泰国看见一对高龄背包客夫妻档，决定再老也要跟心爱的人一起旅行！

89. 在布拉格河边，看到妈妈推着婴儿车溜直排轮、慢跑，爸爸背着婴儿攀岩，决定以后也要当个很酷的家长！

90. 在吉隆坡的过境机场遇见三位来自德国的聋人，三个人长发辫、刺青、穿洞、独立旅行，他们正等着转机到台湾参加听奥（听障运动会）。晚上睡不着，和他们传纸条聊了一夜。原来他们只是说着另外一种语言而已，除了听不到，他们什么都可以做。

91. 和一个日本沙发冲浪客分享彼此的灵性体验，聊到一半，他的手突然开始出现无数颗闪闪发亮像钻石的小光点！

92. 到越南拜访一个美国朋友，他在美国辞去工作后，把车子和房子卖掉，毅然决然到越南教英文，因为他想有一个自由的人生。

93. 和整车喝醉的葡萄牙人一起搭缆车。葡萄牙人在缆车里一边唱国歌一边集体有规律地跳动，整列车都在摇晃。葡萄牙人真的很爱唱国歌！

94. 在巴西宿舍里看他们抽大麻，然后一个接着一个轮流跟我解释大麻要去哪里买、怎么分辨品质、怎么磨、怎么卷、怎么抽、有什么感觉。在充满大麻味的房间里上一堂大麻课。

95. 和当地人一起煮饭，N 次。

96. 睡过 N 次机场。

97. 生过 N 次营火。

98. 在酒吧里被请过 N 次酒。

99. 各种艳遇，N 回。

100. 旅行中的巧合，N 次。宇宙好神奇。

101. 而故事太多，人生太短……

Thank you!

图书在版编目（CIP）数据

你期待的美好　在路上 / 张苡弦著. -- 北京 ： 北京联合出版公司，
2015.11
　ISBN 978-7-5502-6228-7

　Ⅰ. ①你… Ⅱ. ①张… Ⅲ. ①散文集－中国－当代
Ⅳ. ①I267

中国版本图书馆CIP数据核字(2015)第221303号
北京市版权局著作权合同登记号：图字01-2015-5135

中文简体版通过成都天鸢文化传播有限公司代理，经沐风文化
出版有限公司授予新华先锋独家发行，非经书面同意，不得以
任何形式，任意重制转载。本著作限于中国大陆地区发行。

你期待的美好　在路上

出版统筹：新华先锋
责任编辑：张　萌
特约编辑：刘思懿　王亚松
封面设计：郑金将
版式设计：王　玥

北京联合出版公司出版
（北京市西城区德外大街83号楼9层　100088）
北京鹏润伟业印刷有限公司印刷　新华书店经销
字数160千字　620毫米×889毫米　1/16　14印张
2015年11月第1版　2015年11月第1次印刷
ISBN 978-7-5502-6228-7

定价：36.00元